KB008085

문학과지성 시인선 497

그 숲에서
당신을 만날까

신영배 시집

문학과지성사

문학과지성사에서 펴낸 신영배의 시집

오후 여섯 시에 나는 가장 길어진다(2009)
물속의 피아노(2013)
기억이동장치(2015, 시인선 R)
물안경 달밤(2020)

문학과지성 시인선 497

그 숲에서 당신을 만날까

초판 1쇄 발행 2017년 5월 17일
초판 3쇄 발행 2023년 6월 23일

지 은 이 신영배
펴 낸 이 이광호
펴 낸 곳 ㈜**문학과지성사**

등록번호 제1993-000098호
주   소 04034 서울 마포구 잔다리로7길 18(서교동 377-20)
전   화 02)338-7224
팩   스 02)323-4180(편집) 02)338-7221(영업)
전자우편 moonji@moonji.com
홈페이지 www.moonji.com

ⓒ 신영배, 2017. Printed in Seoul, Korea

ISBN 978-89-320-3002-9 03810

이 책의 판권은 지은이와 ㈜**문학과지성사**에 있습니다.
양측의 서면 동의 없는 무단 전재 및 복제를 금합니다.
지은이는 2015년 아르코문학창작기금을 수혜했습니다.
이 도서의 국립중앙도서관 출판예정도서목록(CIP)은 서지정보유통지원시스템 홈페이지
(http://seoji.nl.go.kr)와 국가자료공동목록시스템(http://www.nl.go.kr/kolisnet)에서
이용하실 수 있습니다. (CIP제어번호: CIP2017010650)

문학과지성 시인선 497

그 숲에서 당신을 만날까

신영배

시인의 말

주저앉은 물나무를 달이 끌어 올린다.
초록색 다리가 펴진다.
걸어야겠다.

2017년 봄
신영배

그 숲에서 당신을 만날까

차례

시인의 말

물랑

물랑

물랑

시작처럼 끝처럼 공간은 빛나지
우리가 걸어가는 곳은 사라지는 숲속이야

음악을 만들 때

음악을 만들 때 어디선가 해변이 펼쳐지고 음악을 만들 때 물속에서 물고기가 걸어 나온다 음악을 만들 때 길을 찾고 집을 찾고, 물고기가 방을 찾아온다 음악을 만들 때 소녀가 꽃병과 사라진다

물고기는 숨어서 지느러미를 흔든다 음악을 만들 때 창가의 커튼이 지느러미를 달고, 밤에 깨어나는 책상이 지느러미를 달고, 종이 위에 그린 발끝이 지느러미를 달고

음악을 만들 때 물방울이 물고기를 찾아낸다 커튼에서 물방울 가슴이 튀어나오고, 책상에서 물방울 눈동자가 열리고, 발끝은 물방울을 따라 종이 밖으로, 소녀가 걸어 나온다

음악을 만들 때 꽃병이 공중으로 떠오른다 음악을 만들 때 방을 펼치고 집을 펼치고 길을 펼치고 음악을 만들 때

혼자

빈방에 창문을 열어둘 때
떠나며 돌아올 때
밤이 이미 와 있고
일부러 불을 켜지 않을 때
어둠 속에서 빈방을 풀어 헤칠 때

찾을 수 없는 단어들로 밤은 좁아지고
소녀가 집을 나오고
위험해진 골목이
시의 첫 행을 물고 달릴 때

방향을 잃고 흔들릴 때
그 빛을 가져가며 달은 위험해졌다

바람은 없다
위험해진 돌멩이가 위험해진 돌멩이를 버릴 때
위험해진 나무가 위험해진 나무를 벗을 때

흔들며

위험해진 달이 더욱 위험해질 때까지

시의 마지막 행으로 위험해진 소녀가

그 숲에서 당신을 만날까

나무에 기대지 않고
그 여름
푸른빛에 두 다리가 녹아들었네
사랑에 빠진 여자는
숲으로 들어가 나오지 않았지

계단에 기대지 않고
그 시인은 사라진 방을 어떻게 찾아냈을까
계단이 방의 성경을 읽는
빌딩의 숲에서
어떻게 그 사라진 방으로 들어갔을까

어떻게 사라졌을까
문을 여는 동시에

흔들린다

무너져 내리는 숲의 한 귀퉁이를 가꾸느라

나는 사계절을 다 쓴다
물에 떠내려간 초록색 입술들을 모아
한 겹 아름다운 귀를 만들고
귓속으로 숲을 옮길까
속삭이는 나무의 말들을 모을까

 그날은 두 손을 씨앗처럼 땅에 묻고 돌아오던 때
였지
 노을 속에서 물랑이 물랑물랑
 등 뒤에 손목을 감추고 나는 고백했지
 죽은 것처럼 슬픈
 손목에선 꽃이 피어나고 있었는데

 고백하는 동시에 날아가버리는 빛을 쫓아
 물랑을 물랑물랑

 어떤 말로 사라질 수 있을까

손목은 계절을 반복하고
한 아름의 수화를 가슴에 안고
나는 고백을

어떤 문장으로 숲을 깨울까

가슴을 씨앗처럼 땅에 묻고 누우면
숲이 일어날까

그 숲에서 당신을 만날까

흔든다

물랑 옷을 입고 물랑 춤을
물랑 옷을 벗고 물랑 춤을

물결을 그리다

물랑 종이에 연필로 물고기를 그린다
물랑 물고기가 종이 밖으로 나온다
공중을 헤엄친다 물랑 물랑
물랑 물고기가 벽으로
물랑 물랑 벽에서 나비가 튀어나온다
꽃병이 벌어진다
물랑 나비가 꽃병으로
물랑 물고기가 천장으로
물랑 물랑 천장에서 거미가 내려온다
거미줄이 흔들린다 물랑 물랑
물고기가 거미줄에 걸릴 듯
서둘러 물랑 종이에 어항을 그린다
물랑 물고기가 어항으로
물랑 거미가 끝까지 내려온다
어항 속에 물을 그린다
물랑 물랑
물을 흔든다
물랑 물랑 물랑 물랑

미미 물랑

미미는 만났던 사람이었고 미미는 살았던 집이었고 미미 지금도 만나는 사람이고 미미 지금 사는 집이고 미미 어느 날 연락이 끊어지고 미미 안개에 덮이고 미미 죽었을지 모르고 미미 도로가 들어설 예정이고 미미 문득 그립고 미미 창가에 해가 들고 미미 문득 살아 있고 미미 문을 연다 미미 물을 흘리는 알몸이고 미미 물이 흐르는 잠 속이고 미미 사랑에 빠지는 계절이고 미미 이사 철이다 미미 물결이 일고 미미 잠깐 살아본다 미미 헤어질 것이고 미미 떠날 것이고 미미 물랑 미미 물랑

이쪽으로 조금만 가면

있을 거야, 물나무가, 주저앉아 있고, 바람이 일고, 누구나 찾을 수 있어, 접힌 다리에서 음악이 흘러나오니까, 귀가 먼저 닿는, 돌고 도는, 모든 계절인, 가슴 뛰는, 살고 죽도록, 사랑하는, 어디에도, 없을 거야, 넘어지는 수밖에, 이쪽으로, 흔드는 수밖에, 상한 다리를 다 내놓는다, 끝의 음정에 흔들리고, 사라질 수 있을 거야, 초록색 다리, 깨어날 거야, 조금만 가면

달이 뜰 거야, 주저앉은 물나무를 끌어 올리는

겨우

　발가락 두 개로 겨우 문을 열고 밖으로 나갔다 겨우 밖으로 나가자 눈앞에 다시 문이 나타났다 겨우 다시 문을 열고 밖으로 나갔다 겨우 눈앞에 다시 문이 나타났다 겨우 다시 문을 열고 겨우 밖으로 다시 겨우 겨우 그녀는 아무것도 없이 발가락 두 개만 달린 외다리 겨우 여러 겹의 초록색

　문 앞에 나는 서 있었다
　바닥으로 그림자가 떨어졌다
　겨우, 들여다보았다
　발가락 두 개, 다리 하나,
　초록색
　문장을 쓰는 몸이 꿈틀거렸다
　나는 그림자를 뒤집어썼다
　문을 열고 밖으로 나갔다 겨우
　다시 문을 열고 밖으로 나갔다 겨우
　다시 문을 열고 겨우
　밖으로 겨우
　겨우 다시
　겨우

아마

내가 매일 물을 주는 그것일 거야
매일 물을 주는 그 일일 거야
내가 몰라도 그것은 알고 있지 계절을
그 일은 알고 있지
살고 죽는 일에 돌아가는 일을 더하는, 계절을
아마 그녀는 이파리 하나로
아직 생겨나지 않은 꽃을 흔든다
아마 꽃이 흔들린다
아마 살짝 아마 반짝
아마는 물결 속으로
소녀를 불러들이고
아마 활짝 아마 붉게
노을 속에서 여자들을 꺼내고

달 속으로 아마는

사타구니가 환하게 타는 노파를
고요히 아마 둥글게 아마

말 풍경

    겨우와 아마는 겨우 아마와 겨우는 아마 아마 봄에 피어나고 겨우 가을에 털갈이를 하는 아마 식물로 겨우 동물로 아마 말은 겨우 말은 살아가는 듯 멈춘 아마 멈춘 듯 살아가는 겨우 겨우 아마 어둠만 몰려오는 밤에 겨우 발끝을 세우고 아마 아마 언덕 위에서 달을 기다리는

입과 지느러미

입은 흔드는 것인데

그 저녁엔 입을 너무 많이 써서 가슴이 다 닳았다

사랑하는 사람이 떠날 때

그 말은 흔들어야 했는데

보내고

흔들리는 방

이 물속에선 지느러미를 쓴다

초대

이것은 빛이 하는 일이라 나는 부끄러움이 없어요
나무를 흔드는 물빛입니다
　복도가 있고 방들이 있고 저녁이 오고
　같은 물을 쓰며 우리는 얼마나 흘러가야 만나는
걸까요 너무 멀리 흘러가서 아무도 없는 밤이었나요
　같은 물을 먹으며 우리는 무슨 색으로 변하는 걸까
요 빛이 벽을 하얗게 감싸고 문을 흉내 내고 있어요
잠깐 문장이 사는 곳입니다 그 문으로 초대합니다
　우리는 서로의 물소리를 알지만 마주치면 숨기도
해요 저녁이 먼저 오고 나중에 방들과 복도가 있는
날, 두 발은 노을 속에서 사라집니다
　신발을 벗어 들고 복도를 지우며 방으로 들어가
우리는 어디로 떨어지는 걸까요 가파른 어둠에 닿아
사람들은 등이 무너집니다
　물병을 기울이며 우리는 얼마나 쏟아지는 걸까요
두 발이 젖어서 흩어집니다 무너져 내리는 계절에
물을 나누고 반짝이는 꽃을 볼 수 있을까요

흩어진 두 발을 찾아서 쓰는 시간입니다

낭떠러지와 함께 자라는 나무가 반짝이는 발끝을
찾아가나요

초록의 방

테이블은 초록
의자도 초록
창문에 친 커튼도 초록
초록 과일
초록 구두를 신고 온 a
끌고 온 말은 초록
벽돌
꽃병
초록 리본 b
초록 아이새도 c
끌고 가는 말도 초록
벽돌
소녀들
음악은 초록 밴드스타킹
초록 원피스를 부풀리는 d
춤추는 초록
벽돌
말

케이크

e부터 모두 초록

웃는 초록

달이 뜨면 창가로 달려들 초록

벽돌

발끝

반짝반짝

초록 크림을 서로의 얼굴에 묻히고

벽돌을 빼는 게 우리들의 파티

소녀와 달빛

　소녀는 잠을 잔다 나무의 발목에서 우물의 옆구리까지 걸어간다 그사이 태어난 아기를 훔친다 아기를 달과 함께 우물에 던진다 엄마는 달려와 물을 퍼낸다 소녀는 계속 잠을 잔다 우물의 겨드랑이에서 나무의 손목까지 걸어간다 그사이 태어난 아기를 나무 위로 던진다 달과 함께 아기가 나뭇가지에 걸린다 엄마는 나무를 가만가만 타고 오른다 소녀는 잠을 잔다 나무의 목에서 공중의 물까지 걸어간다 그사이 태어난 아기를 지붕 위 달 옆에 올려놓는다 엄마는 집을 납작하게 찌그러뜨리고 지붕 위로 올라간다 누가 아기를 여기다 낳아 놓았나! 엄마가 아기를 안는다 소녀는 계속 잠을 잔다

고무줄놀이

소녀와 소녀가 물랑을 잡고 있다
한쪽에 나무
한쪽에 노을
발목에서 시작
소녀와 소녀 사이에서 소녀가 뛴다
물랑에 걸려 소녀가 사라진다
소녀와 나무가 물랑을 잡는다
무릎에서 가랑이로 올라가는 물랑
소녀와 나무 사이에서 소녀가 뛴다
물랑에 걸려 소녀가 사라진다
혼자 남은 소녀
나무와 노을이 물랑을 잡는다
허리에서 겨드랑이로 올라가는 물랑
소녀는 나무와 노을 사이에서 뛴다
까르르
물랑에 걸려 소녀가

숨바꼭질

초대된 소녀들의 발끝은 물랑
초대된 여자들도 물랑
죽은 노인도 물랑
노인이 술래
소녀들이 숨는다
여자들이 숨는다
물랑 물랑 물랑 물랑
노인이 모두 찾아낸다
물랑 물랑 물랑 물랑
아직 숨어 있는 물랑
아무도 찾지 않는데 물랑
초대받지 않은 물랑
머리카락이 보일까 두려운
물랑
숨바꼭질이 계속된다
물랑물랑
소녀가 초대받지 않은 물랑과 숨는다
여자가 초대받지 않은 물랑과 숨는다

죽은 노인이 술래

물랑물랑

물랑물랑

숨바꼭질은 가슴이 뛴다

소녀와 꽃의 사정

소녀는 그림자를 가지고 놀았다
소녀는 중얼거리고 그다음 사라졌다
계단은 아침에 짧아지고 저녁에 길어지네
소녀는 긴 계단을 밟고 내려갔다
문은 월요일에 짧아지고 화요일에 길어지네
소녀는 긴 문을 열고 밖으로 나갔다
꽃은 햇빛에 짧아지고 달빛에 길어지네
소녀가 집으로 돌아오지 않는 이유는
길고 긴 꽃 속을 걷고 있기 때문이었다
소녀는 달을 따라갔다
노란 돌을 주워 멀리 던졌다
강물이 노란 돌을 데려갔다
소녀는 강물을 따라갔다
먼 곳에는 아름다운 새가 있을까
새 모양의 귀를 달고
소녀는
길어지고 길어지고
달이 긴 소녀를 따라간다

강물이 길고 긴 소녀를 따라간다
소녀는 길고 긴 꽃 속을 걸었다
꽃이 계속 길어지는 이유는
집으로 돌아갈 수 없는 소녀 때문이었다

달과 나무 아래에서

벗겨진 몸을 가리기 위해
소녀는 겹겹의 나뭇잎 속을 걷는다
초록의 빛이 끝나면
얼굴에 진흙을 칠하고
두 눈을 나뭇가지 위에 걸어놓는다

움직임이 없는 올빼미

눈에 바늘이 꽂힌 박제 동물처럼
밤은 단단하고

소풍
어린이집에서 받아쓴 단어는
죽으면 무엇이 될까

군인들이 지나가고 달이 살빛을 드러낸다
새들이 야행을 나서고 나무들이 밤을 밟는다

사라지기 전에
소녀는 아직 걸려 있고 찢어져 있다

나뭇잎 위로 떨어지는 물, 구르는 랑
물과 랑이 소녀를 찾아온다

톡 가볍게 물 톡톡 투명하게 물 톡톡 환하게 물
핑 돌다 랑 부풀어 오르다 랑 떨다 랑 빙글빙글 랑

소녀가 두 눈을 깜박인다

소곤댈까 물 울어버릴까 물 웃을까 물 소리 지를
까 물
흔들까 랑 구를까 랑 돌아버릴까 랑 춤출까 랑

물과 랑이 반짝인다

소녀가 숲에서 나온다

진흙 얼굴에 두 눈을 달고
나뭇잎 성기를 달고

물과 랑이 춤을 춘다

달과 나무 아래에서

소녀는

검은 수평선

여기까지 날아온 꽃씨는 발을 가진 기분일까
두 발로 서봐야지, 봄을 아는 기분일까

소녀가 서 있다

멀리서 집은 쓰러졌고 바람이 달려온다
소녀는 발로 그림자를 꾹 누른다

저녁이 그림자를 허문다
어둠 속에서 소녀는

살기 위해 단단해지는
단단해지기 위해 고요히 젖는

나무
그리고 소녀가 서 있다

물이 흔들리는 것들을 덮으러 온다

버틴다
버틴다
버틴다

발이 조금 떠올라도 괜찮아
달의 속삭임

나무는 발들을 내놓고 날린다
꽃잎들이 공중으로 떠오른다

소녀는 물랑 물랑 물랑 물랑

흔들린다
흔들린다
흔들린다

꽃잎을 밟았나

달빛이 소녀의 발을 데려간다

반짝이는 발들과 함께
밤이 흔들린다

하늘에 검은 수평선이 출렁인다

물방울들의 밤

달빛이 붙들고 있는 것
맨발의 모든 것

달에게만 보여주고 싶은 푸른 면이 있다
소녀는

집으로부터 멀리 떨어진 나무
달에게 붙들려 물방울들을 잔뜩 매달고 있다
나무 아래에 서서 발등이 언다
소녀는

어느 계절일까

엄마를 부르자 바람이 분다

나무가 흔들리고 물방울들이 쏟아진다
눈꺼풀 아래에 천 개의 눈물방울을 달고
다 울 수 없어 눈이 하얗게 센 노인이 된 것 같아

가슴 위에 천 개의 심장 조각을 달고
다 지울 수 없어 치매를 앓는 노인이 된 것 같아
발등 위에 물방울들이 쏟아지는 밤
소녀는

달에게만 읽는 문장이 생겼다

물랑

사라지는 당신을 생각해 책 위에 빛이 쏟아질 때
이유를 알아버릴 시와 당신을 생각해 시작처럼 끝처럼
사라지는 당신을 생각해 책 위에 빛이 쏟아질 때
이유를 알아버릴 시와

걷기

구두 옆이었지

길을 건너는 소녀들의 뒷모습이었지

비가 쏟아지자 사라지는 나무였지

비가 그치고 찾을 수 없는 구두였지

마르지 않는 발등이었지

나타난 나무였지

초록 창문이 열리고 흘러나오는 음악이었지

모자가 새로 바뀌는 공중이었지

물을 밟고 들어간 방이었지

기울어지며

물병이 기울어졌다
부드러운 그림자가 책을 흘렸다
물로 씌어진
밤의 해변이
어둠 속에서 여자들을 더듬었다
여자들은 발을 모으고 앉아
떠내려가는 단어 하나를 붙들고 있었다
파도에 덮이며
점점 허물어지는 여자는
가슴만 남아 있었다 그 가슴을 가져가며
소녀가 태어나는 밤이었다

단어 하나가 소녀로 자라는 꿈이 있었는데
환한 가슴을 달고 싶은 달이 떠 있었는데

우리는 발을 모으고 앉아
옆이 무너지는 소리를 들었다
숨죽인 가정이 숨죽이게

검은 가슴이 검게

소녀 가장을 바닥으로 끄는

어둠이 우리의 어깨를 지우고 있었는데

기울어지며

옆을 안고 환해지는 물병

책을 흘리고 싶다

붉은 모래언덕

사막에 가까운 잠이다
물을 길러 가는 소녀를 따라갔다

바닥을 보인 물은
태양 아래 검게 늘어난 소녀의 다리를
아작아작 씹어 먹는다

돌아갈 집이 멀어지고
모래언덕 위에서 소녀가 쓰러진다
노을은
깨진 물동이에 소녀의 조각을 주워 담는다

노을을 보기 위해
나는 앉을 의자를 생각했지
붉은 단어들을 찾아 손을 퍼뜨리고
붉게 물들 의자를 만들었지

사막에 가까운 노을 이야기이다

집으로 가는 길
길가에 소녀들이 앉아 있다
집냄새를 지우며 다리를 뻗고 있다
아무도 돌아보지 않는 사이
붉은 모래언덕이 소녀들을 찾아온다

노을 속에서 소녀들이 쓰러진다
도시는 소녀들을 감추고 저녁을 짓고 있다

나는 물을 찾아 다리를 퍼뜨렸다

한쪽 다리가 젖어서 오는 꿈

노을 속에서 다리들이 쏟아진다

나는 달려가 쓰러지는 소녀들을 물랑

발끝이 흔들린다

나무들이 바람에 흔들린다
거기 있어요?
떠난 사람들은 나무가 되거나
바람이 되거나
오늘은 그 풍경과 함께
발끝이 흔들린다

거기 있어요?
나무 아래거나 바람 속이거나
희미한 일들 속에

여기는 불안하고 한 번에 쓰러질 듯하고
집과 집 사이 버려진 골목에서 소녀들이 태어난다

문을 닫는 간단한 일들 속에서

소녀들이 맨발로 걸어간다
우리의 손끝을 떠나며

거기 나무에 가까이
거기 바람에 가까이

소녀들이 버린 시는 아직 우리 쪽에 있다

푸른 나무들에 둘러싸여
바람의 빛을 흔들며
소녀들이 걷다가 우리를 돌아본다

거기 있어요?

여기서 우리는 어두운 골목에 덮여 있다

시를 줍는 새가 빛을 낼까?

밤의 물가에서

검은 발들이 입을 밟고 지나갔다
찢어진 쪽으로 입은 길을 떠났다
이파리가 물을 모으며 오그라들고
밤이 젖은 등을 구부렸다
물가에 닿아서 입은
몸을 들여다본다
입이 몸의 전부인 동물
달이 그 둥근 동물을 흉내 낸다
굴러왔지 그녀는
몸에는 발자국들이 박혀 있고
세상은 소녀들이 왜 말을 잃었는지 모른다
바람이 밤들을 모은다
쏟는다 그녀는
물이 받아주는 말들은 오늘 밤의 리듬
입을 겹겹이 벌리며 그녀는

바람 속에서
별들이 노는 소리를 들어야지

밤들이 물가에 부딪히는 소리를 들어야지

달이 둥근 귀를 흉내 낸다

부드러운 물결로 발자국들을 씻어내야지

달은 살결을 갖고 싶다

어느 밤은 잃어버린 말로 물을 세게 쳤다

딸들은 괜히 웃고 괜히 슬프다

물의 가장자리는 간지럽다
소녀들의 발목이 자란다
엄마들이 물속으로 들어간다
골반에 물을 채우고
다리를 지우고
물 위에 새들이 앉아 있다
딸들은 파도를 꺾어 귀에 꽂고
휘어진 해변을 따라
노래를 끌었다 밀었다
새들이 날아오른다
물빛과 함께 가슴이 날아오른다
새들과 물의 유방들이 부딪친다
딸들은 괜히 웃고 괜히 슬프다
엄마들이 거기 있고, 또
엄마들이 거기 없다
태양이 물을 넘어갈 때
물속에서 붉은 골반들이 벌어진다
물의 가장자리는 비릿하다

처녀들의 발목이 자란다
엄마들이 돌아오는 시간, 그리고
멀리 엄마들이 돌아오지 않는 시간

물랑을 끌었다 밀었다

욕조와 노을

욕조의 물에 가슴이 잠길 때
둥근 선

빛은 겹친 공간을 펴느라 고요하고

해변

붉은 물이 흐르기 시작할 때

걸어간다

발은 부드럽지 젖은 눈을 밟으며

여러 겹의 봄을 지나고 겨울을 지나고
열어보면
여기는 흔들리는 벽일까
흔드는 물의 가장자리일까

물 자국은 둥글게 가슴을 지나간다

해변

붉게 쏟아진다

발은 부드럽지 젖은 말을 끌며

붉게 다 쏟아내고 나면
이 공간은 빛이 처음으로 쏟아지는 문을 가진다

걸어간다

기억 속에서 가장 붉은 소녀를 찾고
문장 속에서 가장 붉은 물랑을
흔들어

노을

그녀와 소녀가 걸어갔다

파란 새가 날았다
환청 중에서 가장 아름다운 말을 고르고
그녀가 걸어갔다
마을에선 불이 꺼지지 않고 종이 집을 태웠다
검게 그을린 종이 소녀를 데리고 걸어갔다
파란 새가 날았다
그녀와 소녀가 걸어갔다
동화는 어디부터 시작해야 할까
불이 쫓아오는 밤
얼음의 숲을 찾아서
불에 타지 않는 말을 찾아서
그녀와 소녀가 걸어갔다
파란 새가 날았다
파란 달이 떴다
소녀가 그녀의 손끝에서 달렸다
환청이 소녀의 귀를 탐하고 있다
그녀는 구부린다
환청을 아름다운 사랑 이야기로

달을 끌며 길고 긴 동화를

달에 끌리며 물랑을

파란 새가 날았다

물랑을 쓰는 여자와 물랑을 듣는 소녀가

계속 움직이고 있다

검은 들판

흑백 사진 위에 물 한 방울이 떨어진다
여인이 일어서고 어지럼병이 돈다
촉촉한 들판
향기로운 무늬
돌아갈 수 없던 고향 마을이 물로 온다
돌을 던지던 사람들의 팔은 사라지고
물지붕 아래에서 어머니가 나온다
물나무를 흔들고 여동생이 뛰어온다

이 투명한 막을
꿈속으로 끌고 들어가 잠을 자는 여인

들판 위
가슴은 아직도 아홉 살의 구름
어깨에 총탄을 메고 기었던 소녀병
밤의 천막에서 불에 던져졌던 소녀병
비명을 지르며 구름에 총을 쏘았지

일그러진 얼굴, 죽은 팔다리로
들판에 낮게 뜨는 소녀 구름들
그 아래에서
여인들은 아기를 기른다
몸으로 날아든 돌멩이를 주워
예쁜 글자를 만들고
물나무를 심고

어느 별자리가 글자처럼 빛나는 밤

밤의 그림 동화

새, 나무, 돌멩이, 신발, 신발을 따라온 책, 책에서 나온 개, 달, 별, 아이가 벌려놓은 갈대, 갈대 사이로 멀리 보이는 집

물가에서 여자는 웃는다 온갖 것들을 물어다 놓고 짖는다

아이의 옷을 입고 달린다 달리다가 알몸이 되면 다시 짖는다

물가에서 여자는 기다린다

마을은 물가에서 멀어졌다 긴 노래 속에 물을 가두고 여자를 가두고

물과 여자는 무서워 문을 닫으면 문을 삼키고 집을 닫으면 집을 삼키고 기다란 길도 날름 삼키지 상자 속에 아이를 넣고 자물쇠로 잠근 뒤 아이를 사라지게 하는 마술, 그 밤의 마술사를 쫓아가 물어뜯지

물과 여자는 아름다워 물 위에 나무를 세우고 구름을 띄우고 달을 앉히지 달 속에서 물고기를 물랑 구름 속에서 새의 깃털을 물랑 나무 위에 꽃의 시간을 물랑 들판을 지나 아침의 환한 쌀을 안치고 물랑

물가에서 여자들은 노래한다

사라진 아이들이 물을 따라 돌아올 것이다 돌아올

것이다

욕조 식물

군인들이 지나는 도로를 가로질러
검은 숲속
그녀가 방으로 들어간다
옷을 벗는다
옷을 벗자 그녀는 더 어두워진다
거대한 밤의 곤충이
다리로 밤하늘을 꼭 붙든다
그녀는 욕조 속으로 들어간다
물속에서 몸을 뻗는다
다리들도 오고 가는 것이라면
물속은 고요해서 두 눈이 다 녹겠지
밤의 곤충이 날고
별들이 쏟아진다
욕조는 환해지고 다리들이 온다
쫓기던 다리들이 와서 눕는다
멍든 다리들이 와서 눕는다
굽은 다리들도 천천히 온다
그녀는 다리들을 쓰다듬는다

별빛에서 새가 떨어진다
밤의 틈이 벌어지고
그 틈으로
물이 흘러간다
다리들이 물을 따라서 간다
멀리 전쟁이 그친 해변으로

욕조에는 다리가 없는 식물이 자란다

집과 구두

오후,
반쯤 벗겨졌다

여자를 따라 계단을 올라갔다
계단 끝에는 벽돌이 앉아 있다
벽돌 속을 들여다보았다
집이 단단히 박혀 있다
문이 열리자 여자가 도망을 쳤다
굴러떨어졌다
집은 검은 가구를 들여놓았다
발등이 눌린 채 안으로 들어갔다

접시가 던져졌다
발끝에 금이 갔다
신사들이 지팡이를 휘둘렀다
식물들은 다치지 않기 위해
둥글게 등을 구부렸다
발등을 부풀렸다

유모차를 흔들었다
얼굴 없는 물랑이 울었다
고함이 날아들었다
책상 위로 올라가 춤을 추었다

거리로 던져졌다
깨진 노을 속으로 여자들이 달려갔다
빌딩 모서리에 굽이 부러졌다
여자가 넘어졌다
검은 아기를 안은 그림자
그 여자의 치마 속으로 들어가고 싶었다

새처럼 옥상에 올라섰다
나의 집은 어디인가

계속 춤을 추었다

발목과 꽃

꽃을 낳아서 꽃과 함께 가서 손을 씻을 줄 모르는 어두운 돌멩이를 강가로 데려가야지 그녀는 배가 점점 불러오는 시간을 강가로 구부렸다

소녀들은 더러움을 뒤집어쓴 어둠에 닿고도 꽃을 낳은 여자를 엄마라고 불렀다 그리고 피어났다

추행으로 뒤틀린 거리는 집 안으로 파고들며 소스라치는 발목들을 기둥에 묶었다

비는 물의 집으로 가며 이름이 지워진 보랏빛 나체가 발목으로 아기를 낳는다는 신화를 읽었다

문 앞까지 강물이 불어나도 우리들의 발목은 부드럽지 꺾을 수 없지 집 안으로 강을 들이는 시간은 자정, 부푼 배를 안고 오는 여자는 달, 꽃을 기다리는 시간은 달빛

검은 물방울

어느 나라의 소식엔 군인이 군홧발로 소녀의 가
슴을 누르고 총부리로 소녀의 얼굴을 겨누고 있었다
바닥으로 한없이 미끄러져 물이 고였다 고인 물이
불어나 둥글게 방을 이루었다 밖에서 군인들의 발
소리가 들려왔다 나는 도망쳐 오는 소녀를 얼른 잡
아끌었다 소녀를 안고 웅크렸다 우리는 숨을 죽였다
세상에 군인들은 언제 다 지나가는 걸까 소녀가 가
슴에서 잠이 들었다 소녀가 숨을 내쉬면 내가 들이
마시고 내가 숨을 내쉬면 소녀가 들이마시고 검은
물방울 속에서 우리는 붙어 있다 소녀는 더 이상 자
라지 않는다 달빛에만 길어진다 햇빛에는 보이지 않
는다 나는 가슴에 소녀를 안고 달빛에 길어진다 햇
빛에는 사라진다

건드리지 마

건드리지 마 내가 기를게
모두가 차버린 모서리
안길 줄 모르는 구석
곰팡이가 번지는 치마
썩은 발톱
다섯 가지 향을 가진 손가락
뒤꿈치에 숨긴
버린 집과 새로 버릴 집
시궁창에서 자란 머리카락
죽은 입술
그리고 푸른
물랑
건드리지 마
여인이 등 뒤로 소녀를 얼른 감추었다
방 안은 흘러 들어온 자들로 붉고
치고받으며 빗방울이 튀었고
백열전구가 흔들리자
서로에게 피곤한 기색이었다

여기가 끝인 모두의 자정이

소녀에게 무심히

칼을 뻗을 때

건드리지 마 내가 기를게

창밖에서 비가 크게 소리를 질렀다

달 구두

버려진 날에는 집을 지나 더 걸었다

발은 백지가 되었다

물을 건넜다
구름을 딛고 나무에 매달렸다
물에 빠져 죽은 여자를 오래 들여다보았다

새들을 따라 날았다

모래언덕 위에 앉았다
백지를 읽었다

더 걸었다

뒤꿈치가 부풀었다

더 걸었다

물집을 키웠다

밤을 기다렸다

떠올랐다

꽃병 유영

작은 방 안에
그녀는 중력을 받지 않는 꽃병을 가지고 있다
꽃병은 탁자 위에 떠서 꽃을 흔든다
시집이 흔들린다
몽둥이를 든 사내들이 창문을 부수고
방 안으로 들어올 때에도
그녀는 중력을 받지 않는 꽃병을 가지고 있다
공중에 사뿐히 떠올라
꽃병은 웃는다
그녀는 벽에서 깃털처럼 떨어진다
사내들이 어깨를 부풀리고
탁자를 엎고 의자를 집어 던질 때에도
그녀는 중력을 받지 않는 꽃병을 가지고 있다
꽃병은 물을 쏟고
그녀는 다리를 모으고 앉아 물을 흔든다
눈물은 공중을 걸어 다닌다
욕설과 고함이 온몸에 날아들어도
그녀는 중력을 받지 않는 꽃병을 가지고 있다

꽃병은 말을 잃은 소녀들을 안고 있다
소녀들은 희미하고
아홉 살에 멈춘 단어의 세계에서
얇은 팔들이 뻗어 나온다
꽃병은 떠다닌다
꿈 안쪽으로 팔 하나를 당기는 일처럼
그녀는

물랑

우리가 사랑을 나누는 곳은 사라지는 물속이야
물이 왜 사라지는지 묻지 않고 발끝이 다 닳을 때까지
푸른 가슴을 끌어안지 우리는 물랑 사라지는 노을 속에서
잠이 들지 노을이 왜 사라지는지 묻지 않고
서로의 붉은 몸을 만지지

물랑의 노래

바람이 분다
물가에 앉아 있다
치마 속에서 구두를 벗고 길게 빠져나오는 그림자
발끝과 사타구니와 가슴을 가진, 기다란 기다란

몸이 기울어진다

젖은 얼굴이
물 위에 동그란 동그란

밤

달이 물로 뛰어들고
노란빛
움직이는 몸 이야기
다리를 세지 않는다 손가락이 몇 개인지
목이 몇 개인지 세지 않는다 묘사하지 않는다
한 번도 써보지 않은 시처럼 사랑을

물랑

달빛이 살에 닿는 것만으로도
우리는 연주를 하지

팔 하나를 나눠 가진 나무들의 세계
입 하나를 나눠 가진 새들의 노래

꽃이 걷다 잠든 곳엔
발 하나를 나눠 가진 연인들이 아직 걷고 있네

그녀의 끝

그녀는 내가 사랑하는 사람이고 끝을 가지고 있다
끝은 날카롭지 않고 차갑지 않다
무겁지 않고 점점 부푼다
떠다니고 잠을 자기도 한다
끝을 잡으면 몸이 부드럽게 풀어지는 기분
어디라도 흘러갈 수 있다
끝에 서면 아주 작은 깃털을 꺼내는 기분
반짝이며 날 수 있다
끝을 안으면 가슴이 다시 생기는 기분
같이 살고 싶다
끝을 읽으면 시를 쓰는 밤들이 늘어나지
물랑물랑
끝내 그녀는
내가 사랑하는 사람

알 수 없어서, 그녀를

남자를 만나 남자 쪽으로 가는
소년을 만나 소년 쪽으로 가는
그림자
옆구리에 소녀가 붙어 있고
점점 길어지다가
검은 노파를 만나 파지를 읽는
알몸의 여인을 만나 길의 주름을 펴는

넘어지며 달리는
길 위에

버려진 두 다리에
얼어붙은 목과 화분에
꽃송이와 금이 간 얼굴에
날개와 부러진 발목에
몸을 줄줄 풀어내는
손끝을 만나 손끝을 만들어내는
가슴에 닿아 가슴을 만들어내는

그녀를

알 수 없어서

물랑

두 음 사이

마음은 두 팔을 그리다 말고
안는다
가벼운 당신
두 팔은 공기에 가깝고

창문이 기울어지고 나무가 기울어진다
그림자에 가깝고 바람에 가깝고

나는 쓰러진다

오늘 안은 당신은
두 발을 그리다 말고
걸어간다
꽃에 가깝고
빠르다

나의 시작은 어디까지일까
머리는 가깝고

당신을 안을 수 있는 단어는
계속 자란다

가슴에 가깝고
단어는 흩어지는 공기

희미하게 생겨난 단어가
사라지기 전에 한 번 빛이 나는 하루다

당신은 눈부시게 걸어간다

꽃은 빠르다

두 팔은 조금 느리게

사랑하는데 뭐가 문제야

모자를 들고 공중에 떠 있는데
꽃밭이 방으로 변하는데
장롱 속에 들어가 잠을 자는데
죽은 새를 어떻게 해야 할지 모르는데
꽃을 보면 웃는데
엄마가 영원히 죽지 않는데
신발을 자꾸 잃어버리는데
신발이 뭔지 모르는데
당신은 물랑 포옹을 한다
누구세요? 묻는데
소변을 어떻게 해야 하는지 모르는데
세상에서 가장 아픈 말을 할 줄 아는데
욕은 진심인데
당신은 식탁을 차리고
물랑 키스를 한다
문을 열고 나가 문을 잃어버리는데
시집들은 단어를 잊어버리는데
유리병 속에서 소녀를 꺼내는데

벽장 속에 처녀를 숨기는데
하루 종일 술래가 되는데
욕조에 물이 넘치는데
꿈속까지 습기가 차는데
방이 저수지로 변하는데
물짐승이 바닥을 기는데
물랑
당신은 노래를 한다
바람이 부드러운데
잔잔한 밤인데
기어 나가 달을 바라보는데
물랑

거리

껌종이에 싸여 있다가 벗겨진 것처럼
보얗고 향긋한 다리

음악이 걸어간다

낮은 구름을 잡고
떠올랐다가
구름을 놓고 새를 입고
날았다가 새를 벗고
무지개를 걸치고
반짝였다가
나무를 뒤집어쓰고
바람을 붙이고
사라졌다가 나타나고
나타나 사라지고
물랑
발끝에 닿았다가
손을 잡고

입을 맞추고
부풀어 올랐다가
가슴을 파고들고
녹아들었다가
보얗고
향긋한
울렁이는
모든 고백들이 버려지지 않도록
탁자 위에 놓인 화분들이 굴러떨어진다
물이 번지고

꽃이 걸어간다

물결 속에서

물랑 지우개를 쥐고 있다 시를 쓰며
지우면 그 자리에 물랑이 생긴다
어느 날은 손목에서 단어가 떨어지지 않는다
지우개로 지우자 손목에 물랑이 생긴다
어느 날은 두 다리에 문장이 붙어 있다
지우고 너를 만난다
사라진 긴 문장만큼 걷는다
물랑 물랑 물랑 물랑
네가 사라질 것 같은 날들이 걸어가고
사랑이 그만큼 걸어오는 물결이 있다

어느 날은 시 한 편을 다 지운다
물랑물랑 온몸이
물결 속에서

끝없이 눈이 내리는

당신이 방 안에 둥둥 떠다녀요 습기가 차올라 당신은 물방울을 매단 얼굴이에요 당신을 쳐다보며 나는 까르르 웃어요 내 얼굴에선 물방울이 떨어지죠 당신은 창가에서 햇빛을 뜯어 내 얼굴에 뿌려요 까르르 눈부신 얼굴은 사라지기도 해요 당신은 물소리를 좋아해요 귀를 대보면 당신에게선 강물 소리가 나고 우리는 웃어요 까르르 유리컵이 바닥에 떨어져도 우리의 발등은 안전하죠 당신의 입술과 내 입술이 붙어 있어요 우리는 신장을 하나씩 나누어 가졌어요 내가 숨을 멈추면 당신은 창백한 물방울, 내가 숨을 쉬면 당신은 향기로운 물방울, 이 계절의 끝엔 물이 눈송이로 떨어져요 끝을 얼리며 사랑은 식지 않아요 집 안에 눈이 내려요 당신을 등 뒤에서 안아요 당신은 살짝 발버둥을 치죠 나는 당신을 들어 가장 고요한 곳에 걸어요 그리고 그곳을 들여다봐요 끝없이 눈이 내리는

끝에서

화분에 물을 주면 공책이 젖었다
누군가를 기다렸다
다리를 꼬고 앉아 있는 동안
공책에선
알 수 없는 식물이 자랐다

물에는 뭔가를 탔지
모든 연애의 끝을 끊어다가 가루를 냈지
파란 독

시들의 끝을 끊어 모으면 무엇이 될까
할 수 있는 것을 찾다가 두 손이 마른다

식물에는 파란 물관이 비친다
그녀는 거울을 들여다본다

달빛이 어지럽고

자정이 되자 식물이 걸어서 밖으로 나간다
그녀가 따라간다

파란 치마를 입고 담장을 폴짝!

향기로운 거리
남자를 만나고 다니는 식물이라니!

식물은 계속 물을 빨아들인다
식물은 연애에 빠진 게 분명하다
그녀도 분명하다
달빛이 어지럽고
그녀도 계속 물을 빨아들인다

끝에서 끝을 찾으며

할 수 없는 것들을 시집 속으로 끌고 들어가
돌아오지 않는 시인을 만나고 싶다

나무 아래에서

봄엔 숨이 붙은 이파리와 살아봐야지

여름엔 너를 만나고
귀가 먼 백지와 살아보았네
말들은 넘치기만 하고
물에 흔들리는 귀가 멀리 있었지
나무 아래에서 너는 시집과 함께 흔들리고 있어
나는 여름 내내 귀를 지우며 걸었지
오래도록 걸어 물의 귀를 달 수 있다면
나는 아주 고요한 시를 쓰고 싶어
나무 아래에서
가을엔 너를 만나고
눈이 먼 백지와 살아보았네
말들은 어둡기만 하고
더듬으면 보이는 곳에 물이 반짝이고 있었네
나무 아래에서 너는 시집을 읽고 있어
고백하지 않아도 너의 눈은 손끝에 달려 있어
별빛과 함께 손끝이 흐르네

나는 가을 내내 나무를 만지고 있었지
더듬어서 붉은색을 찾을 수 있다면
나는 아주 붉은 시를 쓰고 싶어

나무 아래에서

겨울엔 알 수 없는 너를 만나고

조금은 행복하게

두 손을 창문 안쪽에 띄워놓고
밖으로 나간다
아주 작은 꽃, 눈을 감았다 뜨면 보이지 않는
문장은 그렇게
희미하게, 사랑을 고백해야지
두 손을 탁자 위에 띄워놓고
문을 연다
아주 작은 꽃,
눈을 감았다 뜨면 보이는
조금은 행복하게

건반 위에 두 손을 띄워놓고
길가에서 어두워진 당신을 안는다

걸으면 빛이 나는 구두 위에 두 손을 띄워놓고
밤새 말이 새 나가는 거리를 걷는다

말을 잃어도 빛이 나는 길의 세계에서

욕조의 물 위에 두 손을 띄워놓고
아침엔 해변에서 눈을 뜨고

파란색 시집 위에 두 손을 띄워놓고
집을 나가 돌아오지 않는다

그녀는 손을 여기저기 풀어놓고
물을 따라간다

사랑은 빠른 물로 달렸고
그녀는 두 발을 물과 바꾸었다

발목에서 둥근 달이 나와
웃고 떠드는 밤
먼저 잠이 드는 말은 아름다워
달의 감긴 눈을 오래도록 만진다

길을 잃어도 빛이 나는 말의 세계에서

물랑

물랑 당신을 그렇게 부르고 싶어
당신도 나를 그렇게 부르지 물랑
누가 먼지인지 모르게 사라지는 계절, 우리는 물랑

어느 날 쓴다는 것은

어느 날 쓴다는 것은 일어서는 것
바닥 같은 단어를 짚고
벽 너머의 풍경엔
서 있는 사람들과 죽은 새들
어느 날 쓴다는 것은 어깨를 기울이는 것
무너지는 사람들 옆에서 옆이 되기를
단어는 기울어지며 어깨를 반짝일까
어느 날 쓴다는 것은 동굴을 지나가는 것
죽은 새들을 관처럼 나르며
주머니 속 날개를 만진다
어느 날 쓴다는 것은 온몸이 구겨지는 것
웅크린 사람들에게
가볍고 가벼운 종이 한 장으로
단어는 구겨지며 등을 반짝일까
어느 날 쓴다는 것은
쓰러지는 것
바닥에 닿는 것
주머니 속 단어를 가만히 흔든다

골목의 빛

골목
나에겐 이게 어울려
골목 같은 옷을 입고
밖으로 나가지
골목 같은 구두를 신고
걸음걸이는 골목처럼
안녕
번화가를 지날 땐 쓱쓱 사라지지
골목 같은 머리를 풀어 헤치고
꽃나무를 따라가지
헤매지
쭉쭉 길어지지
골목 같은 치마를 펼치고
바람이 버려진 곳에선
쓰레기를 뒤집어쓴 소녀를 만나지
시시덕거리며 함께 걸어가지
기어가지
골목 같은 무릎으로

굴러가지
골목 같은 등을 구부리고
바닥에서 주울 수 있다는 게
그것이기를
소녀가 빛을 물으면
골목 같은 가슴을 열지
모퉁이를 가볍게 돌지
달리지 짧게
넘어지지
골목 같은 표정
앞이 막힌 곳에서
찾을 수 있다는 게
그것이기를
골목
나에겐 이게 어울려
길어지고 구부러지고
막다른 곳에 닿아

떠다니며

팔과 다리가 계속 줄어든다

어디에도 닿지 않고

꿈이라면 끝없이 줄어드는 소녀

내 몸속에 반짝이는

물 한 방울

별빛과 별빛 사이에서 물랑

궤도를 지우고

정면을 지우고

기다려도

말을 걸어오는 세계는 없고

소녀들이 사라지는 세계에 대해

조금 전에 끝난 발끝은 계속 발끝 속에 있다

물랑 떠다니며

계속 끝나는 손끝으로 손을 이끌며

닳아 없어지는 입술로 말을 줄이며

소녀들의 독백과

끝을 외우는 파도와

더 작은 끝으로 몰려가는 모래들과

끝에서 빛나는 연인과

물을 나누는 계절

꿈이라면 물랑

끝없이 펼쳐지는 물결의 끝을 잡고

끝도 없이 줄어드는 문장

어디에도 닿지 않고

떠다니며

파도

한낮의 곡선
가장 여린 마디가 떨린다
시도
바다 앞에 여자가 서 있다
바람도 서 있다
여기서 쓰러진 적이 있다
시도
입술이 하얗게 부서진다
이파리가 말린다
나무들은 팔을 버린다
옆구리가 헐린다
시도
새들이 날며 빛으로 집을 짓는다
물방울을 밀며 소녀들이 태어난다
시도

시집과 발

갔던 집에 또 갔을지 모른다 발, 창문이 다가온다, 집을 지나쳤을지 모른다 발, 탁자 위에 찻잔이 놓인다, 집을 두고 돌아섰을지 모른다 발, 찻잔 위에 탁자가 세워진다, 도망쳤을지 모른다 발, 찻잔과 탁자가 쓰러진다, 거의 다 와서 못 찾았을지 모른다 발, 찻잔이 탁자에서 멀어진다, 잊었을지 모른다 발, 창문이 돌아선다, 아예 모른다 발, 단지 헤맨다 발,

유리창 공중

손과 발이 어디에도 닿지 않는다
꿈이라면 길고 긴 가벼움

유리창은 떠 있다
어제 달을 가두었던 유리창은
오늘 달의 목을 맸다
어제 서쪽에 칼집을 냈던 유리창은
오늘 북쪽에서 핏물을 받는다
유리창을 열면 방이 보인다
닫으면 방은 불투명하다
오늘 유리창은 새들이 태어났고
오늘 유리창은 죽은 새를 날린다
떠 있다
숨의 가느다란 줄에 단어들을 매다는 하루와
줄들이 엉켜 단어들이 숨 막히는 하루가 겹친다
유리창은 떠서
오른쪽과 왼쪽을 바꾸고
위와 아래를 뒤집는다

여름으로 향하다가 겨울로 돌아서고
돌연 봄으로 떨어진다
수시로 유리창을 열고
방의 방향을 바꾸어야 한다
잃어버린 쪽엔 잃어버린 말이 있다
헤매는 말들은 헤매는 쪽을 부풀리고 있다
오늘 사막을 달리는 유리창은
오늘 숲속에서 전진하는 나무들을 따른다
방은 빠르게 이동한다
유리창은 오늘 꽃을 섞는다
유리창은 오늘 비가 거꾸로 온다
방은 구른다
오늘 유리창은 운다
잃어버린 말을 찾아
오늘 유리창은 멀리 간다
헤매는 말들을 밀며

흐린 날에 결씸

꽃병이 되기로 해 어디라도 앉아서 꽃을 안을 수 있다면…… 비어 있어도 좋지만, 꽃을 안으면 가슴이 생길 것 같아 골반 안쪽에 포근한 물주머니가 생길 것 같아

한 가정집으로 들어갔다 식탁 위에 앉아 꽃병이 되었다 가족들이 모여 입을 벌리고 소화되지 않은 접시를 꺼냈다 소녀는 이가 부러졌다
식탁 밑으로 떨어졌다 이대로 사라져도 좋지만 꽃을 안을 수 있다면……

거리로 나갔다 카페에 들어가 창가에서 꽃병이 되었다 창밖은 환했다 사람들이 붙어 다니며 옆구리에서 꽃을 꺼냈다 붉음! 붉음! 소리쳤다 다시 보니 칼에 찔린 자국이었다 다시 보니 칼이었다
유리창에 몸을 집어넣었다 이대로 사라져도 좋지만 꽃을 안을 수 있다면……

거리를 걸었다 사내가 서서 한쪽 팔을 바이올린처럼 켰다 사내 옆으로 가서 꽃병이 되었다 사람들이 서둘러 지나갔다 어디선가 바이올린이 떨어졌다

온몸에 금이 갔다 이대로 사라져도 좋지만 꽃을 안을 수 있다면……

창가에 시집이 놓여 있다

햇빛과 바람과 새를 안으로 들이고
나는 창가에 서 있다
다리는 넘어져 있다
여기 쌓인 시들과 함께
다리의 골격을 더듬다가
바람이 일으킨 먼지를 안는다
책상은 방에서만 자라는 식물이 되어간다
소녀가 다녀간 문에선 가슴이 자라나고
햇빛은 아직 소녀의 가슴을 찾지 못해 어둡다
새는 날고 있다 넘어진 줄 모르고

창가에 시집이 놓여 있다

나무가 물방울들을 매달고 있다가
나무가 먼저 사라지고
물방울들이 반짝이다가
사라지는
창가에

소파는 계속 낡아갔다

소파는 계속 낡아갔다 나는 잠 속으로 떨어지고 있었는데, 소파가 내 머리를 누르며 떨어져 내렸다 나는 있는 힘껏 소파를 밀어냈다 먼저 떨어진 문을 열자 가방과 모래와 한쪽 운동화가 있었다 열지 않은 창문은 바다를 숨기고 있었다 어디부터 시를 만져야 할지 모른 채 손가락이 길어지고 있는데 소파가 계속 내 머리를 눌렀다 나는 있는 힘껏 소파를 밀어냈다 창문을 열면 바다로 들어갈 수 있다 바다에서 소녀를 꺼내 올 수 있다 시는 나른해서 소녀 곁에 잠들 수 있다 시는 멋을 부릴 줄 알아서 소녀의 눈빛을 청각으로 바꾸는 일에 골몰할 수 있다 시는 다른 한쪽 운동화가 될 수 없다 창문을 열지 못하고 나는 늘어져 있는데

소녀가 가방을 메고 나를 찾아왔다

잠에서 나오자 소파에서 모래가 서걱거렸다 먼저 떨어진 모자를 주워 썼다 어느 해변에서 나른한

선물처럼

책상 위로 물방울을 띠는 데에 한참이 걸리고
침대에서 구두까지 가는 데에 한 계절이 걸리고
수요일은 한 번도 오지 않고
죽은 화분을 그대로 두고
안부를 묻지 않았다
문을 두드리는 소리가 나면
없는 척 문을 키우고
밖에서 바위가 커지는 소리에
잠근 문을 또 잠갔다
오늘의 소리는 초록색
기울여보니
벌어진 틈
초록색 말이 반짝인다
선물처럼
물랑
닫힌 문 안쪽으로 어떻게 나무가 들어오는지
연인들은 어떻게 바위를 지우는지
꽃은 오늘따라 누구를 기다리는지

검은색은 언제 소녀들을 감추는지
할머니들은 어디를 남겨두고 어디로 떠나는지
물랑
문을 열고
물랑
수요일엔 소녀들이 꽃을 들고 지나간다
물랑 물랑
구두를 꺼내놓는다
책상 위에서 물방울들이 뛰어내린다
물 랑 물 랑 물 랑

물랑

날개만 남은 채로 의자에 앉아 책을 펼칠 때
책이 왜 사라지는지 묻지 않고 우리는 조금 쓸쓸할 거야

나가는 문은 이쪽입니다

빛나고 있어요 이쪽

문 말이에요

헤어지는 말은 초록입니다

사라지고 있어요 이쪽으로요 어서!

구두를 잃어버렸다면 사라지는 이쪽 문턱에 걸린 겁니다 소매 끝과 치맛단이 줄줄 풀리고 있어요 이쪽으로요! 모자가 사라지는 문틈에선 별이 반짝입니다

사라지는 말도 초록입니다

이쪽 문 말이에요 이 일도 빛이 하는 일이라 나는 부끄러움이 없어요 물랑 옷을 입고 작별을 합니다 우리는 음악 속에서 춤을 추었어요 우리가 나눈 춤들은 흩어져서 다시 춤이 될까요?

안녕히!

물랑 옷은 서서히 눈에 보이지 않아요 이대로 잠이 들래요 속이 다 비치는 밤입니다 시가 흩어지나요?

흩어져서 별빛!

반짝이는 시의 조각들은 슬픈 소녀들의 머리 위에 쏟을래요

우리는 작별을 씁니다

소녀들이 투명해집니다 초대를 받아 왔는데도 탁자 밑에서 나오지 않던 소녀들 말이에요 문자를 잃고 초록으로 왔던 소녀들 말이에요

소녀들의 나라에는 상자 속에서 문자를 잃을 때까지 아무도 꺼내주지 않는 어둠이 있대요

우리가 쓰는 것은 어느 나라의 문자인가요?

춤이 흩어집니다 춤과 함께 시가 흩어지나요? 흩어질 때까지 춤입니다

흩어져서 별빛!

쓸쓸한 시의 유성은 죽은 소녀들의 눈가에 그을래요

다음 초대에도 와주세요 문자가 없는 소녀들이여!

흩어져서 별빛!

여자들이 빗속을 걸어갑니다 젖은 구두로 초대되었던 여자들 말이에요 빗속에서 여자들은 벗습니다 말로 지은 옷들을 물에 흘려보냅니다 알몸으로 여자들은 걸어갑니다 물로 새로운 말을 지을 수 있을까요?

다음 초대에도 오세요

알몸이어도 좋아요

물로 음악을 준비하겠습니다

흩어져서 별빛!

맨발로 와서 말이 없던 당신! 길은 어둡고 말은 빛을 잃었습니다 당신은 말을 찾아 헤맵니다 발끝이 점점 사라지고 있어요 그 끝을 쫓으며 말이 반짝입니다

늦더라도 오세요

다음 초대도 발끝이 쓰는 문장입니다

빛나고 있어요 이쪽

문 말이에요

헤어지는 말은 초록입니다

우리는 계속 작별을 씁니다

물방울무늬

비가 오는 날에는
몸에 점들을 묻히고
사람들과 섞이는 곳에서는
물방울무늬 속에 말을 감추었다

사람들이 찾아도 내 발은 보이지 않았고
거리를 덮은 물방울무늬는 가지런했다

길을 잃은 곳에서
물방울무늬는 흔들렸다
물방울들이 기울고 나는 얼굴을 들켰다

흔들리는 말들이
방울방울
눈가에서 물방울로 날아올랐다

바람이 불면 나는 마음껏 흩어졌다
물방울들과 함께

발과 지느러미

창가에서 해변으로
꽃이 걸어가는 시간 쪽으로
생겨나지 않은 발을 쓰며
돌이 굴러간다
해변에서 물속으로
돌이 헤엄치는 시간 쪽으로
사라진 지느러미를 쓰며
꽃이 흔들린다

헤어진 사람들은 만나지 않는 길을 아름답게 빛
낸다

문장은 사라지며 발을 내밀어라
문장은 사라지며 지느러미를 흔들어라

음악을 만들 때

음악을 만들 때 종이 위에 연필로 그린 나무가 종이 밖으로 나온다 나무는 방 안에서 자란다 자라면서 지워진다

의자가 나무 아래로 움직인다 나무는 서서히 지워진다

동그란 발끝이 나무에게 다가간다 나무는 서서히 지워진다

모자가 둥둥 떠서 나무 위로 올라간다 나무는 서서히 지워진다

꽃병이 눈을 감고 꽃들이 나무를 파고든다 나무는 서서히 지워진다

발끝으로 온 소녀가 나뭇가지에 웃음을 걸어놓는다 나무는 서서히 지워진다

창문이 나무를 향해 열린다 나무는 서서히 지워진다

바람이 불어온다 나무는 서서히 지워진다

달이 뜬다 나무는 서서히 지워진다

해변으로

　문이 되기로 해 햇빛이 환하게 문을 찾아온 날, 나는 걸어가지 문에는 네가 올 때의 문장이 새겨져 있어 걸어가는 건 문장이지 빛을 따라 해변으로

　바람이 부드러운 정오에는 풀밭 위에 눕지 해변은 파란 하늘 속일까 걸어도 닿지 않을 거야 누워 있는 문장을 생각하지

　도시를 지나지 가면을 쓰고 화려한 무도회에 가지 사랑에 빠져 문장을 새기지 얼굴이 가면과 바뀌는 잔인한 어둠이 풀리고 문장은 금방 낡아버리지

　울다가 잠이 들지 문은 깨어나지 않을지도 몰라 어두운 문장을 생각하지

　비가 촉촉이 찾아온 아침, 일어나 다시 걸어가지 문에는 네가 떠날 때의 문장이 새겨져 있어 걸어가는 건 문장이지 물방울을 따라 해변으로

내가 밟았던 것은 무엇일까

밤에도 풀들이 자라는 길을 보고 싶다
두 발은 눈물을 닦는다
달 위에 꽃병이 놓여 있는 방
창문이 기울어지고
밖에는 길들이 떠오른다
지나온 여러 겹의 발을 읽는다
나는 기우뚱한 바닥에 누워 있다
가슴 위에 놓인 책을 넘기며
내가 밟았던 것은 무엇일까
바람 아래쪽
흩어진
손과 머리
미끄러운 돌멩이와
마음 바깥쪽
안개 안쪽
누군가 꺼낸 조각들
꽃이 흔들리고
책 밖으로 사람들이 지나간다

달이 꽃병을 떨어뜨린다
천장으로 물이 쏟아지고
두 발이 공중으로 떠오른다
양쪽 귀에 푸른 어둠을 칠하고
밤에도 풀들이 자라는 노래를 듣고 싶다

아픈 그림자와 달빛의 박자로

　사내는 한쪽 팔을 바이올린처럼 켠다 침대마다 그림자들이 다닥다닥 붙어 있고 침대마저 그림자일 수 있는 밤 혹은 방으로, 달빛이 방문한다 간호사가 들어와 우는 여자의 가슴에 운동화를 대고 붕대를 감는다 "하얀 달이 우리를 덮친다" 사내가 계속 한쪽 팔을 바이올린처럼 켠다 달빛이 돌아다닌다 간호사가 신음하는 남자의 뒤통수에 여행 가방을 대고 붕대를 감는다 사내는 계속 바이올린을 켠다 "우리는 달밤에 무엇인가" 간호사가 떠는 남자의 어깨에 책을 대고 붕대를 감는다 사내는 계속 바이올린을 켠다 간호사가 웅크린 여자의 골반에 담요를 대고 붕대를 감는다 바이올린이 점점 커진다 달빛이 하얗게 부푼다 물이 밀려온다 사람들이 일어나 물을 밟고 돌아다닌다 사내의 팔은 한없이 커진다 달빛이 사내의 팔을 감싼다 온통 하얘지는 방 혹은 밤, 아픈 그림자와 달빛의 박자로 여기는 해변

건드린다

바람이 바람을 건드린다 새를 따라 두 팔이 멀리 갔지만 두 발은 아직 집을 구하러 다닌다 바람이 부족한 것은 아니다 달 근처에서 두 팔에 날개가 돋는 밤도 있었다 숲이 숲을 건드린다 나무 아래에 다리를 오므리고 앉았지만 어깨가 아직 상점을 지나는 중이다 잘 드는 칼을 구경한다 숲이 부족한 것은 아니다 초록색 무릎에서 이파리가 펴지는 아침도 있었다 두 귀에 물빛이 도는 저녁도 있었다 강이 강을 건드린다 강을 따라가며 물소리를 오래 들었지만 손끝은 칼을 계산한다 늦은 두 발로 바람을 건드려보지만 이미 바코드를 찍어버렸다 어깨로 숲을 건드려보지만 막 엘리베이터에 탔다 손끝으로 강을 건드려보지만 너무 늦게 소녀의 마지막 문자를 읽었다 칼이 강을 건드리고 숲을 건드리고 바람을 찔렀다

슬프게 끝나는

음악을 만들 때 새가 있는, 공기
음악을 만들 때 새를 잘 찾는, 소녀
새가 숨은,

숲

음악을 만들 때
새가 하늘을 나는,

물결

음악을 만들 때
새에게로,

새와 흩어지는,
음악을 만들 때

새처럼 퍼덕이는 세계

새의 울음
새를 꿈꾸는,

음악을 만들 때

하지만,
이미,
사냥 도구를 챙긴,
사냥감을 쫓아 달리는,

숲에서 넘어지는 소녀

새들이 도망치는,
끝까지 쫓아 달리는,

슬프게 끝나는,

음악을 만들 때

하얀 숲

길가에 할머니가 앉아 있다
겨울은 옆에 잘 달라붙지
춥고 배고픈 세상에서

소녀는 갑자기 할머니가 되었다
수십 겹의 겨울이 한꺼번에 찾아온 나라에서

시는 어떻게 쓰는 거였지?
갑자기 모든 것을 잃은 여자가
하얗게 지워진 것들을 찾아 헤매다가
돌아와 빈 상자를 연다
목구멍을 떠나고
입술을 떠나는
자음 하나 모음 하나
소녀에서 갑자기 할머니가 된
시간을 안고
슬픈
단어는

마지막 인사처럼

나무가 흔들린다
나무들 사이로 눈송이들이 걸어간다

소녀와 고무줄놀이

물랑과 물랑이 고무줄을 잡고 있다
한쪽에 나무
한쪽에 노을
발목에서 시작
물랑과 물랑 사이에서 물랑이 뛴다
고무줄에 걸려 물랑이 사라진다
물랑과 나무가 고무줄을 잡는다
무릎에서 가랑이로 올라가는 고무줄
물랑과 나무 사이에서 물랑이 뛴다
고무줄에 걸려 물랑이 사라진다
혼자 남은 물랑
나무와 노을이 고무줄을 잡는다
허리에서 겨드랑이로 올라가는 고무줄
물랑은 나무와 노을 사이에서 뛴다
까르르
고무줄에 걸리는 물랑

물랑

사라지는 당신을 생각해 책 위에 빛이 쏟아질 때 이유를 알아버릴 시와 당신을 생각해 시작처럼 끝처럼 공간은 빛나지 우리가 걸어가는 곳은 사라지는 숲속이야 숲이 왜 사라지는지 묻지 않고 고요할수록 빛나는 부리를 부딪치지 우리가 사랑을 나누는 곳은 사라지는 물속이야 물이 왜 사라지는지 묻지 않고 발끝이 다 닳을 때까지 푸른 가슴을 끌어안지 물랑 당신을 그렇게 부르고 싶어 당신도 나를 그렇게 부르지 물랑 누가 먼저인지 모르게 사라지는 계절, 우리는 물랑 사라지는 노을 속에서 잠이 들지 노을이 왜 사라지는지 묻지 않고 서로의 붉은 몸을 만지지 물랑을 생각해 날개만 남은 채로 의자에 앉아 책을 펼칠 때 책이 왜 사라지는지 묻지 않고 우리는 조금 쓸쓸할 거야 날개가 서서히 사라지는 계절, 물랑은 사라지는 달 속에서

여성적인 것의 숨결과 살갗

이 찬
(문학평론가)

1

여성에 의한, 여성을 위한 여성의 이미지는 어떻게 만들어지는가? 맨 앞머리부터 끄트머리까지 단 한 순간도 여성적인 감각의 세밀하고 현란한 움직임을 놓치지 않을 뿐더러, 여성적인 말소리의 울림과 그 살갗의 떨림을 보듬으려는 시집은 과연 어떤 모양새와 윤곽선을 그려내는가? 이 두 가지 질문은 신영배의 네번째 시집『그 숲에서 당신을 만날까』를 깊고 섬세하게 감수하기 위한 필요충분조건이다. 지난 세 권의 시집에서 여성적인 것의 무수한 다양성을 집약할 수 있는 도상학적 이미지와 알레고리적 짜임관계를 실험해왔던 신영배의 필법은 이번 시집에서도 고스란히 이어지고 있는 듯하다. 아니, 좀더 웅숭 깊은 감각으로 심화되고 드넓은 세계로 확장되어 일종의 이념적 차원에 다다르고 있는 것처럼 보인다.

그간 신영배의 시에서 지속적으로 나타났던 "물" "그림 자" "몸" "자국" "달" "소녀" 같은 이미지들은 이번 시집 에서도 그 예술적 짜임관계의 중핵으로 들어박힌다. 이들 을 빠짐없이 쓸어안으려는 목적에서 태어나고 변주된 것 으로 여겨지는 "물울" "달물" "물로" 같은 독특하면서도 추상적인 낱말들은 역시 이번 시집에서 빈번하게 반복 출 현하는 "물랑"이란 낯선 시어의 원천을 이루는 것으로 보 인다. 가장 핵심적인 의미의 배꼽으로 기능하는 이 "물랑" 은 이전 시집들에서 선보인 "물울" "달물" "물로" 등과 겹 쳐 울리면서, 신영배의 시집들 사이에서 휘황한 빛으로 솟아오르는 여성성의 유비analogy와 그 이미지의 별자리 들을 드넓게 구축하는 것처럼 보인다. 이 시집의 마디마 디 분기점들마다 기어코 등장하는 저 "물랑"이라는 미학 적 단자monad 속엔 여성적인 것을 이루는 무수한 몸과 사물과 이야기 들이 빼곡히 주름져 있는지도 모른다.

2

미미는 만났던 사람이었고 미미는 살았던 집이었고 미미

지금도 만나는 사람이고 미미 지금 사는 집이고 미미 어느
날 연락이 끊어지고 미미 안개에 덮이고 미미 죽었을지 모
르고 미미 도로가 들어설 예정이고 미미 문득 그립고 미미
창가에 해가 들고 미미 문득 살아 있고 미미 문을 연다 미미
물을 흘리는 알몸이고 미미 물이 흐르는 잠 속이고 미미 사
랑에 빠지는 계절이고 미미 이사 철이다 미미 물결이 일고
미미 잠깐 살아본다 미미 헤어질 것이고 미미 떠날 것이고
미미 물랑 미미 물랑

—「미미 물랑」 전문

"만났던 사람"이자 "살았던 집"이고, "물을 흘리는 알
몸"이면서 "물이 흐르는 잠 속"이자 "사랑에 빠지는 계
절"로 그려지는 "미미"는 과연 무엇을 가리키는 것일까?
또한 맨 끝자락에 매달린 "미미 물랑 미미 물랑"이란 반
복 어구에서 "미미"와 "물랑"이 결국 동일한 것을 일컫는
서로 다른 말이라는 뉘앙스를 읽어낼 수 있는바, 이 시집
의 주요 장면들에서 매번 등장하는 "물랑"은 대체 어떤
것을 나타내는 것일까? 우선 첫머리에 나타난 "미미는
만났던 사람이었고 미미는 살았던 집이었고 미미 지금도
만나는 사람이고 미미 지금 사는 집이고" 같은 구절들을
눈여겨보라. 이는 "미미"가 과거에서 현재로 이어지는 그
모든 시간의 마디와 굴곡 들을 함께 살고 있는 것임을 넌
지시 일러준다. 따라서 그것은 어떤 특정한 여인을 가리

키는 고유명사이거나, 그녀를 암시적으로 빗댄 메타포일 수 없다. 오히려 신영배의 모든 시편들을 관통하는 여성적인 이미지, 나아가 그녀의 여성적인 것에 대한 집요한 탐구나 낯선 발견을 염두에 두면, 이는 여성적인 것이 품을 수 있는 무수한 가능성의 터전이자 여성성의 범주로 수렴될 수 있는 그 모든 잠재적 상황과 사건 들을 축약한 말인 듯하다.

"미미"를 표현하는 다양한 술어들인 "만났던 사람이었고" "살았던 집이었고" "만나는 사람이고" "지금 사는 집이고" "어느 날 연락이 끊어지고" "안개에 덮이고" "죽었을지 모르고" "도로가 들어설 예정이고" "문득 그립고" "창가에 해가 들고" "문득 살아 있고" "문을 연다" "물을 흘리는 알몸이고" "물이 흐르는 잠 속이고" "사랑에 빠지는 계절이고" "이사 철이다" "물결이 일고" "잠깐 살아본다" "헤어질 것이고" "떠날 것이고" 같은 말들을 다시 찬찬히 더듬어보라. 이들은 "미미" 또는 "물랑"이, 한 인격체로서의 여성이 취할 수 있는 무수한 사태들을 감싼 것일 뿐만 아니라, 세계의 모든 사물과 사건과 현상 들에서 시인이 새롭게 취한 여성적인 것의 세목들에 해당된다는 것을 슬며시 비춘다.

따라서 시인은 "살았던 집"이라는 사물이나 "물을 흘리는 알몸"이라는 육체적 상태, 나아가 "사랑에 빠지는 계절"이나 "이사 철" "헤어질 것" "떠날 것"이라는 특정한 시간대의 특질이나 상황 들을 여성이 수행하는 그 무엇, 또는 여성적인 것 그 자체로 선별해내고 있는지도 모른다. 언뜻 보아 별다른 인과성이나 유비관계 없이 무심하게 나열되고 병치되는 듯했던 "미미"의 저 술어들은 어떤 한 여성적 인격체가 경험할 수 있는 그 모든 상황들을 대리-표상할 뿐만 아니라, 여성적인 것으로 호명될 수 있는 세계의 모든 사물과 사건 들을 상징하는 것처럼 여겨진다. 달리 말해, 신영배는 "안개" "창가" "알몸" "물" "잠" 등과 같은 현상이나 사물 들을 여성성의 분신들로 다시 새롭게 호명하면서, 세계 전체를 여성적인 것의 우주로 재편하여 형상화하려는 미학적 실험을 소리 없이 감행하고 있는 셈이다.

사라지는 당신을 생각해 책 위에 빛이 쏟아질 때 이유를 알아버릴 시와 당신을 생각해 시작처럼 끝처럼 공간은 빛나지 우리가 걸어가는 곳은 사라지는 숲속이야 숲이 왜 사라지는지 묻지 않고 고요할수록 빛나는 부리를 부딪치지 우리가 사랑을 나누는 곳은 사라지는 물속이야 물이 왜 사라지는지 묻지 않고 발끝이 다 닳을 때까지 푸른 가슴을 끌어안지 물랑 당신을 그렇게 부르고 싶어 당신도 나를 그렇게 부르지 물랑 누가 먼저인지 모르게 사라지는 계절, 우리는 물랑 사라지는 노을 속에서 잠이 들지 노을이 왜 사라지는지 묻지 않고 서로의 붉은 몸을 만지지 물랑을 생각해 날

개만 남은 채로 의자에 앉아 책을 펼칠 때 책이 왜 사라지는
지 묻지 않고 우리는 조금 쓸쓸할 거야 날개가 서서히 사라
지는 계절, 물랑은 사라지는 달 속에서

─「물랑」 전문

　지난 시집들에서 자주 나타났던 "물" "달" "그림자" 같
은 이미지들이 한결같이 여성적인 것의 어떤 속성이나
현상들을 상징하는 것임을 감안하면, 「물랑」에서 빚어지
는 신비롭고 몽환적인 분위기와 그 미학적 구도 한복판
에 들어박힌 "책" "시" 같은 언어−문자 이미지 역시 여
성적인 것을 암시하는 도상들icons로 기능하는 것이 틀
림없다. 또한 시인이 빈번하게 활용하는 "문" "문장" "시
집" 같은 이미지들은 단지 세계를 모사하거나 재현한 미
학적 가상이거나 예술적 기호체계에 그치지 않는다. 오
히려 세계의 "살갗"과 "몸" 그 자체를 이룬다고 보는 시
인의 독특한 이미지 사유와 예술론을 응축한다. 이들에
서 특히 들뢰즈가 새롭게 규정한 '시뮬라크르simulacre'
의 역동성과 실제성을 직감할 수 있다면, 시와 시쓰기의
존재론적 가치와 근거를 성찰하는 메타시 계열의 작품들
역시 여성적인 것의 예술적 형상화로 집약되는 신영배의
고유한 문제틀로 수렴된다는 것을 단박에 알아챌 수 있
을 듯하다.
　「물랑」은 이번 시집에 지속적으로 등장하는 "물랑"이

무엇이며 어떤 것을 나타내려는 말인지를 비교적 선명하게 알려줄 뿐만 아니라, 수록된 거의 모든 시편들이 일종의 연작시를 이루면서 보이지 않는 유비의 별자리들을 곳곳에다 펼쳐놓고 있다는 것을 암시한다. 「미미 물랑」에서 이미 살펴보았듯, "미미"가 여성적인 것으로 수렴될 수 있는 모든 것들을 일컫는 말이자 "물랑"이 그것의 이음동의어라면, 「물랑」에서 등장하는 "물랑"은 첫 소절부터 나타나는 "당신"을 풀어내야만 적확하게 이해될 수 있을 듯하다. 또한 "당신"이 "책" 또는 "시"와 겹쳐 울린다는 점을 고려하면, 그것은 시혼이자 예술적 영감을 표현하는 것이 틀림없어 보인다.

따라서 첫머리에 나타난 "사라지는 당신"이란 시인 신영배의 영혼을 사로잡았다가 이내 휘발되어 사라지는 시혼 또는 예술적 영감을 나타내는 것으로 추론된다. 이는 "책 위에 빛이 쏟아질 때 이유를 알아버릴 시와 당신을 생각해"라는 후속 이미지와 무척이나 자연스런 연결고리를 이룬다. "책 위에 빛이 쏟아질 때"라는 구절은 다른 시인이나 예술가 들의 저작들에서 느닷없이 도래하는 시혼의 현현을 비유한 것이며, "이유를 알아버릴 시와 당신을 생각해"는 "당신"으로 표기되는 시혼이 "사라질" 수밖에 없는 그 "이유를 알"고 있는 주체가 시인이 아니라, 오히려 "시" 또는 시혼 그 자체라는 사실을 암시하기 때문이다. 이는 또한 시혼이나 예술적 영감이 시인이 주체적으로 생산하거나 제작할 수 있는 능동성의 산물이 아니라, 도리어 제 자신도 알 수 없는 어떤 미지의 영역 또는 신비의 차원에서 휘날려오는 수동적인 것이라는 숨겨진 맥락을 함축하기 때문이다. 이 수동성 역시 여성적인 것의 우주를 구성하는 하나의 별자리로 귀속되는 것은 두말할 나위 없다.

이 시편에서 지속적으로 등장하는 소멸의 이미지에 다시 주목해보자. 가령 "사라지는 숲속" "사라지는 물속" "사라지는 계절" "사라지는 달" 같은 편린들이 펼쳐내는 이미지의 움직임과 뉘앙스의 흩날림을 깊숙이 느껴보라. 이들은 모두 "물랑"과 연관된 어떤 장소들이거나 그것을 표현하는 술어들임을 간파해낼 수 있을 것이다. 또한 "물랑"이 여성적인 것으로 수렴되는 다양한 몸체와 속성과 현상 들을 다 함께 일컬으려는 목적에서 창안된 낯선 조어임을 감안하면, 시인은 필경 시혼과 예술적 영감이 거느릴 수밖에 없을 소멸의 이미지 자체를 여성적인 것의 항목들 가운데 하나로 귀납하여, 우주 삼라만상의 범주 전체를 새롭게 분류하려 하는 것이 분명해 보인다. 특히 첫 시집 『기억이동장치』의 구석진 자리에 흔적처럼 남겨진 "사라지는 시를 쓰고 싶다"는 시인의 전언, 곧 "사라지는 시/쓰다가 내가 사라지는 시"(「시인의 말」)라는 제 실존의 육성에 비추어 보면, 저 소멸의 이미지란 여성적인 것과 예술적인 것을 동시에 표현하는 것일뿐더러, 양자를 동일한 것으로 분류하는 시인의 도상학적 사유에서 움터난 것이 틀림없다.

따라서 이 시집 맨 끝자락에 배치된 「물랑」이란 시편은 "말" "단어" "시" "문" "문장" "책" 등과 같은 언어—문자 이미지들과 더불어 이들을 오브제의 중핵으로 삼은 시편들의 알몸과 속살을 비추는 미학적 거울로 기능한다. 또한 저 이미지와 시편 들 전체를 빨아들이는 일종의 블랙홀처럼 작동한다. 특히 "노을이 왜 사라지는지 묻지 않고 서로의 붉은 몸을 만지지" "책을 펼칠 때 책이 왜 사라지는지 묻지 않고 우리는 조금 쓸쓸할 거야"라는 이미지는 부분적 차원에서 대위법적 구조를 형성하면서, 이러한 소멸의 이미지들에 여성성의 알레고리가 덧씌워지고 있다는 것을 암시한다. 시인은 단단하고 고정된 실체가 없는, 따라서 영원불멸할 수 없을뿐더러 찰나의 시간만을 살다가 사라지는 그 모든 시뮬라크르 현상들을 여성적인 것으로 사유하고 있는 셈이다. 나아가 이 현상들이 불러들이는 육체성과 실제 효과들을 과감하게 부각시킴으로써, 이들을 마치 제 몸에서 일어나는 실제적 사건들처럼 느끼고 소묘하려 한다는 뉘앙스를 흩뿌려놓는다.

3

이제까지 말해온 신영배의 독특한 감각과 예술적 방법론은 지난 시집들에서 이미 또렷하게 아로새겨진 바 있다. 가령 "서로의 얼굴에 입김을 불고/글자를 쓰는 일/연애란//그리고 사라지는 글자를 보는 일//목이 떨어지는 일"(「해변의 비디오」, 『오후 여섯 시에 나는 가장 길어진다』) 같은 이미지들을 보라. 이에 따르면 실체와 가상, 원본과 복사본, 기원과 파생이라는 형이상학적 범주론과 위계적 존재론은 해체될 수밖에 없다. 그것은 "글자를 쓰는 일"을 "연애"로 느끼고, "사라지는 글자를 보는 일"을 "목이 떨어지는 일"이라고 발설하면서, 언어-문자 이미지 자체를 실제적 사건처럼 느끼고 감수하는 자의 숨결과 살갗을 우리들 곁에다 고스란히 현현시키기 때문이다.

신영배의 무수한 시편들에서 "글자" "문" "문자" "시" "책" 등과 같은 언어-문자 이미지가 지속적으로 출현하는 비밀스런 맥락 역시 이 자리에 잠겨 있는지도 모른다. 예컨대, 시집 곳곳에 들어박힌 "같은 물을 먹으며 우리는 무슨 색으로 변하는 걸까요 빛이 벽을 하얗게 감싸고 문을 흉내 내고 있어요 잠깐 문장이 사는 곳입니다 그 문으로 초대합니다"(「초대」), "가슴에 가깝고/단어는 흩어지는 공기//희미하게 생겨난 단어가/사라지기 전에 한 번

빛이 나는 하루다"(「두 음 사이」), "물랑 지우개를 쥐고 있다 시를 쓰며/지우면 그 자리에 물랑이 생긴다/어느 날은 손목에서 단어가 떨어지지 않는다/지우개로 지우자 손목에 물랑이 생긴다/어느 날은 두 다리에 문장이 붙어 있다/지우고 너를 만난다/사라진 긴 문장만큼 걷는다"(「물결 속에서」), "소녀들이 버린 시는 아직 우리 쪽에 있다//푸른 나무들에 둘러싸여/바람의 빛을 흔들며/소녀들이 걷다가 우리를 돌아본다//거기 있어요?//여기서 우리는 어두운 골목에 덮여 있다//시를 줍는 새가 빛을 낼까?"(「발끝이 흔들린다」) 같은 언어-문자 이미지들이 불러일으키는 현실세계로의 습합 과정이나 그 상호침투의 움직임을 가만히 느껴보라.

여기서 등장하는 "시"를 비롯한 언어-문자 이미지들은 우리들의 몸이나 삶과 아무런 교호관계나 상호작용이 없는 독립적인 구조물이거나 가치중립적인 인식 대상으로 자리하지 않는다. 이와는 정반대로 우리들을 살아 움직이고 꿈틀거리게 만드는 촉매이자 그 몸들로 휘날려오는 감각의 파노라마, 곧 우리들 몸의 일부인 것으로 나타난다. 따라서 시인에게 언어-문자 이미지들과 더불어 이들로 짜여진 "시"란 어떤 고립된 기호체계이거나 미학적 독립체일 수 없다. 오히려 그녀의 숨결이자 살갗이며, 몸 그 자체인 동시에 여성적인 그 모든 것들이 움트고 고스란히 보존되는 원초적 자궁에 가깝다.

시집 곳곳에 신영배는 "시" 또는 "시집"을 한결같이 그 이미지 지력선과 예술적 짜임관계의 중핵으로 삼는다. 또한 이들은 우리들의 몸이나 삶과는 무관한, 저기 저 멀리 우두커니 서 있는 관조적 진열품이거나 독립적 기호체계로 존재하지 않는다. 오히려 "찾을 수 없는 단어들로 밤은 좁아지고/소녀가 집을 나오고/위험해진 골목이/시의 첫 행을 물고 달릴 때"(「혼자」), "달이 물로 뛰어들고/노란빛/움직이는 몸 이야기/다리를 세지 않는다 손가락이 몇 개인지/목이 몇 개인지 세지 않는다 묘사하지 않는다/한 번도 써보지 않은 시처럼 사랑을"(「물랑의 노래」), "끝을 안으면 가슴이 다시 생기는 기분/같이 살고 싶다/끝을 읽으면 시를 쓰는 밤들이 늘어나지/물랑물랑/끝내 그녀는/내가 사랑하는 사람"(「그녀의 끝」) 등이 도드라진 형세로 드러내는 것처럼, 우리들의 몸과 삶 그 자체를 "위험"하게 만들기도 하고, "움직이"게 하여 "끝내"는 "사랑"으로 이끄는 실제적 힘과 사건들로 휘날려온다. 이들은 환영phantasma이나 복사물의 복사물une copie de copie, 곧 원본과의 유사성에서 아득히 멀어진 헛것이자 함량 미달의 존재자로 정의되는 플라톤의 시뮬라크르가 아니라, 차이를 발산하고 탈중심화를 긍정하고 변이의 잠재력을 극대화하려는 실천적 기호이자 그 수행의 이미지인 들뢰즈의 시뮬라크르를 겨냥하기 때문이다(질 들뢰즈, 「플라톤과 시뮬라크르」, 『의미의 논리』).

이렇듯 시인이 언어–문자 이미지들과 예술적 기호체계로서의 "시"를 우리들의 몸과 삶에 직접 작동하는 실제적 힘과 사건처럼 느끼고 형상화할 때, 그것은 필연코 어떤 "위험"을 감수할 수밖에 없다. 가령「혼자」에 나타난 "찾을 수 없는 단어들" "소녀가 집을 나오고/위험해진 골목이/시의 첫 행을 물고 달릴 때" "시의 마지막 행으로 위험해진 소녀" 같은 문양들을 보라. 이들은 들뢰즈의 시뮬라크르 용법에 고스란히 부합하듯, "시"와 그 바깥의 현실 세계가 서로 교호하고 습합하는 환상적인 풍경들을 만들어낸다. 또한 "혼자"라는 표제어가 이미 풍겨내는 것처럼, 이들은 전통적인 형이상학의 범례와 통념적인 예술론의 범주를 전복시키려는 시인이 감당할 수밖에 없었을 고독과 소외감, 나아가 저 새로운 실험과 존재론적 전회의 시도가 불러들일 수밖에 없을 두려움과 초조감을 힘겹게 펼쳐낸다.

이와 같은 뒤숭숭한 마음결의 파문들 역시 엘리엇이 「전통과 개인적 재능」에서 말했던 전통이 이룩하는 완강한 '이상적 질서'에서 비롯하는 것인지도 모른다. 이에 따르면, 시인과 예술가의 개인적 재능이란 불멸의 고전작품들이 서로를 비추면서 펼쳐놓는 '이상적 질서'를 완전히 벗어나는 자리에서 발휘되는 것이 아니기 때문이다. 오히려 그 테두리를 수용하고 계승하는 가운데 한 가닥의 새로운 선이나 다른 매듭을 덧붙이는 것에 불과하기 때문이다. 이런 맥락에서 「시집과 발」은 「혼자」에서 형상화된 신영배의 "위험해진" 예술가로서의 자의식을 좀더 강렬하게 드러낸 시편이 분명해 보인다.

> 갔던 집에 또 갔을지 모른다 발, 창문이 다가온다, 집을 지나쳤을지 모른다 발, 탁자 위에 찻잔이 놓인다, 집을 두고 돌아섰을지 모른다 발, 찻잔 위에 탁자가 세워진다, 도망쳤을지 모른다 발, 찻잔과 탁자가 쓰러진다, 거의 다 와서 못 찾았을지 모른다 발, 찻잔이 탁자에서 멀어진다, 잊었을지 모른다 발, 창문이 돌아선다, 아예 모른다 발, 단지 헤맨다 발,
>
> ──「시집과 발」 전문

시인은 제 스스로가 감행하는 예술적 실험과 존재론적 전회의 시도가 과연 어떤 의미와 가치를 거둘 것이며, 그야말로 새로운 질서를 구축할 수 있는지를 지속적으로 자문해왔던 것 같다. 이는 "시집과 발"이라는 표제어와 "갔던 집에 또 갔을지 모른다 발"이라는 첫머리의 이미지만으로도 직감할 수 있는 바이다. 또한 이 시편에 등장하는 "집"이 고전을 이룩한 작품들의 '이상적 질서'를 암시할뿐더러, 그 내부를 구성하는 "창문" "탁자" "찻잔" 등과 같은 사물들이 낱낱의 예술가와 작품 들을 표상한다는 것을 간과할 수 있다면, "발" 이미지가 결국 시인 제 자신이 부단히 수행해온 예술적 실험과 존재론적 전회의 시

도를 빗댄 것임을 그리 어렵지 않게 유추할 수 있을 것이다. 따라서 이 시편의 마지막 부분을 장식하는 "아예 모른다 발, 단지 헤맨다 발"은 신영배 제 스스로가 수행해온 저 실험과 전회의 시도가 한낱 상투적인 새로움에 불과하거나 무의미한 노고에 그칠지도 모른다는 불안감을 명시적으로 내비친다. 그러나 이 불안감은 불멸의 고전 작품들이 현재적 시간에 드리우는 '이상적 질서' 위에 새로운 분기선을 그려내려는 참된 예술가들에겐 숙명처럼 들러붙는 필수 불가결한 심리적 대가이자 마음결의 어둠인지도 모른다. 시인의 "발"을 매번 다시 되돌아오게 만드는 저 "집"의 보이지 않는 압력처럼.

4

이렇듯 시인이 다채로운 언어-문자 이미지들과 "시" "시집" "음악" 같은 예술적 기호체계들을 마치 살아 꿈틀 거리는 생명현상처럼 틔워 올리면서 육체적 활동성과 능동적 수행성을 덧입힐 때, 이들은 세계의 모든 사물이나 자연현상에도 영성과 생명이 깃들어 있다고 보는 물활론 hylozoism이나 애니미즘animism을 닮는다. 또한 시인은 실증주의적 관찰과 실험, 객관적 수치와 통계로 요약되는 현대과학의 인과적 합리성과 효율성에 의해 우리들의 몸과 삶, 곧 현대인의 생활세계 전반의 테두리에서 쫓겨난 물활론적 사유를 여성적인 것의 소수성과 동일한 것으로 간주하고 있는지도 모른다. 아니, 그것을 제 자신이 빚어내는 이미지들의 거죽 위로 과감하게 끌어올림으로써, 고전의 이상적 질서를 초과하는 새로운 예술적 분기선을 창출하려는 것이 틀림없어 보인다.

가령 "문 앞에 나는 서 있었다/바닥으로 그림자가 떨어졌다/겨우, 들여다보았다/발가락 두 개, 다리 하나,/초록색/문장을 쓰는 몸이 꿈틀거렸다/나는 그림자를 뒤집어썼다/문을 열고 밖으로 나갔다 겨우/다시 문을 열고 밖으로 나갔다 겨우/다시 문을 열고 겨우"(「겨우」), "물랑 종이에 연필로 물고기를 그린다/물랑 물고기가 종이 밖으로 나온다/공중을 헤엄친다 물랑 물랑/물랑 물고기가 벽으로/물랑 물랑 벽에서 나비가 튀어나온다/꽃병이 벌어진다/물랑 나비가 꽃병으로/물랑 물고기가 천장으로/물랑 물랑 천장에서 거미가 내려온다/거미줄이 흔들린다 물랑 물랑"(「물결을 그리다」), "흑백 사진 위에 물 한 방울이 떨어진다/여인이 일어서고 어지럼병이 돈다/촉촉한 들판/향기로운 무늬/돌아갈 수 없던 고향 마을이 물로 온다/돌을 던지던 사람들의 팔은 사라지고/물지붕 아래에서 어머니가 나온다/물나무를 흔들고 여동생이 뛰어온다"(「검은 들판」) "아마 그녀는 이파리 하나로/아직 생겨나지 않은 꽃을 흔든다/아마 꽃이 흔들린다/아마 살짝 아마 반짝/아마는 물결 속으로/소녀를 불러들이고/아마 활짝 아마 붉게/노을 속에서 여자들을 꺼내고"(「아마」), "겨우와 아마는 겨우 아마와 겨우는 아마 아마 봄에 피어나고 겨우 가을에 털갈이를 하는 아마 식물로 겨우 동물로 아마 말은 겨우 말은 살아가는 듯 멈춘 아마 멈춘 듯 살아가는 겨우 겨우 아마 어둠만 몰려오는 밤에 겨우 발끝을 세우고 아마 아마 언덕 위에서 달을 기다리는"(「말 풍경」) 같은 구절들을 보라.

여기서 나타나는 여러 낱말과 사물 들은 제 스스로 움직이고 자라나는 생명력을 품는다. 그리하여, 이들은 "나" "여인" "어머니" "그녀" "소녀" "여자들"로 호명되는 "사람들"과 동등한 생명력과 존재론적 권리를 가진 수행의 주체들로 그려진다. 「겨우」라는 시편에서 "나"와 "그림자"의 관계는 서로 "뒤집어"진 형세를 드러낸다. "나"는 "그림자를 뒤집어"써야만 "겨우" "문을 열고 밖으로 나"갈 수 있기 때문이다. 「물결을 그리다」에선 "물랑 종이에 연필로" 그린 물고기가 "공중을 헤엄치"거나 "벽에서 나비가 튀어나오"는 애니미즘 현상들이 돋을새김의 필치로 소묘된다. 또한 「검은 들판」이나 「아마」 같은 작품들에선 "흑백 사진" 내부의 인물 형상들인 "여인"과 "어머니"와 "여동생"이 "물"에 의해 되살아서 "뛰어"오는 신비스런 현상과 더불어, "물결"과 "노을"이 "소녀"와 "여자들"의 "살고 죽는 일에 돌아가는 일을 더하"는 운

명의 점지자로 나타난다. 달리 말해, "물"과 "물결"과 "노을"은 "사람들"의 생사와 운명을 결정하는 주술적 권능을 지니고서 실제적 차원의 힘을 행사하고 있는 셈이다. 「말 풍경」은 앞서 살핀 「겨우」와 「아마」라는 시편들에서 이어진 연작시의 풍모를 드러내면서, "겨우"와 "아마"라는 "말" 그 자체를 "식물"이나 "동물"처럼 실제로 "살아가는" 생명력을 품은 것으로 아로새긴다.

물론 이와 같은 현상들은 현대과학의 합리성에 기초한 우리들의 실제 생활세계에 비춰 보자면, 그야말로 주술적 차원의 환상이거나 신화적 모티프를 차용한 것에 지나지 않는다. 그러나 시인은 현대과학이 추방한 신화와 주술의 세계, 곧 물활론과 애니미즘의 현상들을 제 예술적 작업의 주춧돌로 활용할뿐더러 이들을 소중하게 보듬고 감싸려는 모험을 충실하게 이행하려는 듯 보인다. 어쩌면 시인은 세계를 지배하고 있는 중심 담론과 시스템과 권력으로부터 버려지고 망가지고 찢겨나간 모든 소수자들을 여성적인 것의 범주로 다시 쓸어안으면서, 이들의 존재론적 가치를 되살려내려는 윤리학적 실천을 말없이 지속해온 것인지도 모른다.

따라서 "물랑" "물결" "물 한 방울" "물의 집" "물나무" 등과 같은 신영배의 독특한 "물" 이미지는 우주 만물의 생명력의 원천이자 여성적인 것이 드넓게 포괄하는 '소극적 수용력negative capability'을 상징한다. 나아가 무수한 소수자들의 상처를 치유하고 그들의 존재를 싱싱하게 되살려내는 부활의 상징emblem으로 작동한다. 신영배의 예술적 실험과 존재론적 전회의 시도는 결코 미학적 차원의 실천에 그치지 않는다. 오히려 세계에 존재하는 그 모든 소수자들을 부둥켜안으려는 그녀의 필사적인 고투가 휘감긴 윤리학적 실천이자 이행의 미래를 예기한다.

버려진 날에는 집을 지나 더 걸었다

발은 백지가 되었다

물을 건넜다
구름을 딛고 나무에 매달렸다
물에 빠져 죽은 여자를 오래 들여다보았다

새들을 따라 날았다

모래언덕 위에 앉았다
백지를 읽었다

더 걸었다

뒤꿈치가 부풀었다

더 걸었다

물집을 키웠다

밤을 기다렸다

떠올랐다

──「달 구두」전문

먼저 「달 구두」의 한복판에 나타난 "물을 건넜다/구름을 딛고 나무에 매달렸다/물에 빠져 죽은 여자를 오래 들여다보았다//새들을 따라 날았다"라는 이미지들에서 피어오르는 주술성과 신비감을 가만히 느껴보라. 이 시편의 화자는 우리와 같은 평범한 인간으로 설정되어 있지 않은 듯하다. 오히려 "구두"를 신고 걸어가는 여인의 모양새와 천지사방의 어둠을 두루두루 비추는 "달" 이미지를 겹쳐 세움으로써, 인격화된 여신으로서의 "달" 이미지를 새롭게 선보일뿐더러 그것을 발화의 주체로 설정하는 미학적 비약을 일으킨다. 따라서 이 시편에선 한편으로 "더 걸었다//뒤꿈치가 부풀었다//더 걸었다//물집을 키웠다"로 표상되는 "구두"의 주인공인 여성의 이미지가 엿보이고, 다른 한편으로 "물" "구름" "나무" "새들" "모래언덕"으로 표상되는 광대무변한 시공간을 자유자재로 이동할 수 있는 "달" 이미지가 새어 나오는 듯 보인다. 시인은 "구두"로 표상되는 한 사람의 여성과 더불어 "달"로 상징되는 세계 곳곳의 어둠을 비추고 보듬는 여신의 이미지를 중첩시켜, "달 구두"라는 전혀 다른 차원의 여인- 신의 이미지를 창안한 것이 틀림없다.

결국 이 시편은 "물에 빠져 죽은 여자를 오래 들여다보았다"라는 이미지가 집약하는 것처럼, 세계에 만연한 어둠을 밝히고 곳곳에 감춰진 원혼을 달래고 그 상처를 부드럽게 보듬는 "달" 이미지에 "구두"와 "뒤꿈치가 부풀었다"로 표상되는 여성적 헌신의 이미지를 덧붙임으로써, 마치 천상과 지상을 이어주는 무지개와 같은 진기한 이미지인 "달 구두"를 창안한 셈이다. 이는 또한 시인이 명확하고 분명하고 확실한 실체가 아니라, 그 바깥으로 추방당한 무수한 가상들과 주술적 환상들과 시뮬라크르 현상들, 나아가 "아이"와 "소녀"와 "여자"와 "어머니" 등으로 열거되는 모든 소수자들의 존재를 전면적으로 부각시키려 한다는 것을 뜻한다. "물에 빠져 죽은 여자"나 "죽은 노인도 물랑/노인이 술래/소녀들이 숨는다/여자들이 숨는다/물랑 물랑 물랑 물랑/노인이 모두 찾아낸다"(「숨바꼭질」)라는 구절로 표상되는 이미 현실세계에서 사라져버린 망자의 존재마저도 "찾아내"어 표면 위로 이끌어내려 한다는 것을 암시한다.

시인은 저 소수자들이나 사라져버리는 모든 존재들을 여성적인 것으로 받아들이면서, 이들의 유약하고 비가시적인 실재를 우리들 눈앞에다 가시화하려는 노력을 지속해온 것으로 짐작된다. 아니, 세계의 그 모든 소수자들이란 결국 여성적인 것의 우주를 구성하는 낱낱의 원소들일 뿐만 아니라, 저 여성적인 것의 광활한 수용력이야말로 세계의 상처와 고통과 폭력을 달래고 치유할 수 있는 원초적 생명력으로 파악하고 있는 것이 분명하다.

5

『그 숲에서 당신을 만날까』를 비롯한 신영배의 모든 시집들에서 남성적인 뉘앙스를 풍기거나 그 범주로 귀속될 수 있는 이미지들은 거의 등장하지 않는다. 그러나 이 시집에서 매우 드물지만 지속적으로 등장하는 남성적인 이미지가 있다면, 그것은 바로 "군인들"이다. 이는 "군인들이 지나가고 달이 살빛을 드러낸다/새들이 야행을 나서고 나무들이 밤을 밟는다/사라지기 전에/소녀는 아직 걸려 있고 찢어져 있다"(「달과 나무 아래에서」), "어느 나라의 소식엔 군인이 군홧발로 소녀의 가슴을 누르고 총 부리로 소녀의 얼굴을 겨누고 있었다 바닥으로 한없이 미끄러져 물이 고였다 고인 물이 점점 불어나 둥글게 방을 이루었다 밖에서 군인들의 발소리가 들려왔다 나는 도망쳐 오는 소녀를 얼른 잡아끌었다 소녀를 안고 웅크렸다 우리는 숨을 죽였다 세상에 군인들은 언제 다 지나가는 걸까"(「검은 물방울」), "군인들이 지나는 도로를 가로질러/검은 숲속/그녀가 방으로 들어간다/옷을 벗는다/옷을 벗자 그녀는 더 어두워진다/거대한 밤의 곤충이/다리로 밤하늘을 꼭 붙든다/그녀는 욕조 속으로 들어간다/물속에서 몸을 뻗는다/다리들도 오고 가는 것이라면/물속은 고요해서 두 눈이 다 녹겠지/밤의 곤충은 날고/별들이 쏟아진다"(「욕조 식물」) 같은 구절들에서 또렷하게 나타난다. 여기서 등장하는 "군인들"은 "소녀"와 "여자"로 제시된 여성적인 것의 우주를 찢고 부수고 망가뜨리는 폭력적 주체이거나, 그것의 헌신적 보살핌과 부드러운 치유력에 의해 되살아나야 할 훼손된 존재로 그려진다.

「욕조 식물」에 나타난 "옷을 벗"고 "욕조"의 "물속에서 몸을 뻗"는 여자의 이미지는 얼핏 섹슈얼리티를 표현한 것처럼 보이지만, 그보다는 오히려 "물"에 깃든 원초적 여성성의 상징, 곧 생성과 부활을 동시에 암시하는 것으로 해석하는 것이 적확할 듯하다. 특히 "욕조는 환해지

158

고 다리들이 온다/쫓기던 다리들이 와서 눕는다/멍든 다리들이 와서 눕는다/굽은 다리들도 천천히 온다/여자는 다리들을 쓰다듬는다"는 구절은 마지막 행에서 등장하는 "멀리 전쟁이 그친 해변으로"와 겹쳐 울려나면서, 이 시편이 "전쟁"으로 표상되는 무수한 싸움과 대결의 현장에서 몸을 다친 자들을 되살려내는 헌신적 보살핌과 치유력의 주체로서 여성적인 것을 형상화하고 있다는 사실을 넌지시 일러준다. 따라서 여기서 등장하는 "물"과 "여자"와 "욕조"와 "식물"은 서로를 비추는 거울을 겹쳐 세우면서 여성적인 것의 우주를 구축하는 순환적 이미지로 기능한다. 또한 마무리를 장식하는 "밤의 틈이 벌어지고/그 틈으로/물이 흘러간다/다리들이 물을 따라서 간다/멀리 전쟁이 그친 해변으로"라는 이미지들의 움직임은 세계의 온갖 상처와 고통과 폭력을 씻어내고 정화시키는 "물", 곧 여성적인 것만이 펼쳐낼 수 있을 순결한 사랑의 힘과 부드러운 평화의 비전을 슬며시 드리운다.

신영배의 『그 숲에서 당신을 만날까』는 지난 시집들에서 그녀가 줄곧 시도해온 여성적 이미지들로 이루어진 시와 시쓰기의 세계를 좀더 드넓은 차원에서 완성시킨다. 그것은 우리의 시선에는 투명하게 나타나진 않지만 세계의 저변을 가로지르는 무수한 존재의 흐름이나 보이지 않는 흔적들, 나아가 "환청""그림 동화""마술""신화" 같은 시어들로 표상되는 환상성이나 주술적 세계를 여성적인 것의 범주로 재분류하여 예각화하기 때문이다. 더 나아가 아직 현실로 도래하지 않은 잠재적인 것이나 무수한 소멸의 이미지들, 그리고 시뮬라크르 현상들조차 그녀가 새롭게 재편하는 여성적인 것의 우주로 수용하려 하기 때문이다. 이번 시집에서 신영배의 다양한 여성적 이미지들이 주로 "물"과 "어머니"로 상징되는 포용과 치유와 부활의 벡터로 기울어지게 된 것 역시 그녀가 지속적으로 이룩해온 여성적인 것의 우주를 완결하려는 원대한 미학적 기획과 윤리학적 의지에서 비롯된 것인지도 모른다. 또한 신영배의 『그 숲에서 당신을 만날까』를 통해서야 비로소 한국 시는 여성적인 것만이 누릴 수 있는 순결하고 부드러우면서도 한없이 헌신적이고 정열적일 수 있는 희귀한 여성성의 세계를 처음 마주하게 되었다.

그리하여, "모두가 차버린 모서리"와 "안길 줄 모르는 구석"과 "곰팡이가 번지는 치마"와 "썩은 발톱"과 "다섯 가지 향을 가진 손가락"처럼 현실세계에서 내버려진 것들을 "건드리지 마" "내가 기를게"라고 외쳐대는 시인의 낯선 목소리는 아름답다. 그러나 그렇기에 아프다. 아마도 우리 모두의 마음결을 후려갈기면서 그 밑바닥 깊은 곳에 잠긴 윤리적 무의식을 찔러오기 때문일 것이다. 그러니 이제 당신 차례다. 신영배가 초대하는 여성적인 것의 우주, 그 첨예한 미학적 실험과 드넓은 윤리학적 비전이 조우하는 아름다운 세계로 찬찬히 걸어 들어가보라.

그저 "건드리지 마" "내가 기를게"라고 외쳐대는 척 흉내
라도 내보면서……

　　건드리지 마 내가 기를게
　　모두가 차버린 모서리
　　안길 줄 모르는 구석
　　곰팡이가 번지는 치마
　　썩은 발톱
　　다섯 가지 향을 가진 손가락
　　뒤꿈치에 숨긴
　　버린 집과 새로 버릴 집
　　시궁창에서 자란 머리카락
　　죽은 입술
　　그리고 푸른
　　물랑
　　건드리지 마
　　여인이 등 뒤로 소녀를 얼른 감추었다
　　방 안은 흘러 들어온 자들로 붉고
　　치고받으며 빗방울이 튀었고
　　백열전구가 흔들리자
　　서로에게 피곤한 기색이었다
　　여기가 끝인 모두의 자정이
　　소녀에게 무심히

칼을 뻗을 때

건드리지 마 내가 기를게

창밖에서 비가 크게 소리를 질렀다

　　　　　　　　　——「건드리지 마」 전문 ▨